AF221516

Kurz & Gut

von

Helmut Wichlatz

Impressum

Texte: © Copyright by Helmut Wichlatz
Umschlag: © Copyright by Helmut Wichlatz

            Marktgasse 2
            41812 Erkelenz
ISBN: 9783757804688

Herstellung
und Verlag: BoD – Books on Demand, Norderstedt

Inhalt

.... Und zwei tödliche Dialoge

Warum ist es ...

„…. am Rheiiiiiin so schöööööön?
Warum ist es am Rheiiiiiiin so schöööööööön?
Warum ist am Rhein so schön, am Rheiiiiiiinnnn soooo schöööööön? …"

Die Sänger vom Männergesangsverein Eintracht Doveren 1859 e. V. jodelten und knödelten, was das Zeug hielt. Sie hatten sich dieses Lied als Opener für ihr Herbstkonzert im Rahmen des Hückelhovener Stadtmusikfestes gewünscht, weil es sie mehr als jedes andere Lied ihres umfangreichen Repertoires bewegte. Die Probe im Hinterzimmer ihres Stammlokals „Ohme Jupp" dauerte nun schon zwei Stunden und sie bekamen den Einstieg nicht wirklich hin. Immer wieder gerieten die an sich routinierten und durch zahlreiche Auftritte in Schützenzelten und Mehr-zweckhallen gestählten Sänger aus dem Takt, es herrschte eine gewisse Unruhe bei Eintracht. Mittlerweile hatte Dr. Martin Sondermann den Einstieg schon ein Duzend Mal geprobt, aber der Haufen von mehr oder weniger aus den Fugen geratenen und rotgesichtigen Hobbysängern undefinierbaren Alters und Alkoholpegels, der mit den Gesichtern zu ihm in zwei Reihen Aufstellung genommen hatte, war einfach nicht zu mehr in der Lage.
„Gut, meine Herren", begann Sondermann, nachdem er den Gesang mit seinen Händen ausholend abgewürgt hatte. „Angesichts der fortgeschrittenen Stunde und der Tatsache, dass ich heute noch bis nach Aachen fahren muss, breche ich die Probe

ab." Das einbrechende Gemurmel der zwölf Sänger wartete er nicht mehr ab. Hastig sammelte er seine Notenblätter zusammen, die vor ihm auf dem Pult lagen, verabschiedete sich mit einem knappen Kopfnicken und verließ den Raum. Zwölf Augenpaare schauten ihm nach und zuckten kurz, als die Tür ins Schloss fiel.

„Zack, weg isser", kommentierte Mövesse Hein kopfschüttelnd und wendete sich seinem Bierglas zu, das der Wirt vor einer halben Stunde im Rahmen einer Runde reingebracht hatte. Heinrich Mevissen, wie er hochdeutsch hieß, hatte Eintracht vor 30 Jahren quasi von seinem Vater vererbt bekommen. Die Mevissens leiteten den Gesangsverein schon seit der Gründung. Von den einstmals über 30 Sängern war ein alternder Rumpf übriggeblieben, der nur noch bei privaten Grillfesten in ihrer niederrheinischen Heimatgemeinde und einmal im Jahr beim Stadtmusikfest auftrat. Trotzdem leisteten sie sich seit Jahr und Tag den Luxus eines ausgebildeten Dirigenten. Schließlich hatte der Name Eintracht in Sangeskreisen noch einen guten und klangvollen Namen.

Die Sänger strebten gerade unisono auf ihre Getränke zu, als die Tür noch einmal aufging und Sondermann seinen Oberkörper hinein schob. Schnell griff er seine Jacke von der Garderobe und verschwand dann wieder wortlos.

„Wat´n Dämlack", platzte es aus Grabowskis Dirk heraus. „Warum mussten wir uns ausgerechnet so einen Schnösel an Land ziehen? Der passt doch gar nicht zu uns." Heinrich Mevissen nickte versonnen. „Ja, war auch sehr kurzfristig damals. Wir mussten ja schnell Ersatz besorgen, als Herbert … naja … ausgefallen ist."

„Ausgefallen", kommentierte Mättes Hensen. „Das ist gut. Ausgefallen!"

Einige Köpfe drehten sich zu ihm.

4

„Mensch, sei ruhig", ermahnte Mevissen ihn zischend und wandte sich dann an die Gruppe der Sangesbrüder. „So, Leute. Probe ist vorbei für heute. Feierabend!"

Für die Neuen unter den Sängern hieß das: Klatschmarsch und Abmarsch. Der altgediente Kern wollte unter sich sein. Also verabschiedeten sich die Neuen, fast ausschließlich Zugezogene aus den Neubaugebieten, der Reihe nach. Sie bekamen noch Schulterklopfer und ein paar kumpelhafte Floskeln mit auf den Heimweg und schon bald waren die fünf Kern-Eintrachtler unter sich. Mevissen sah noch den letzten Rücken durch die Tür verschwinden und rief ihm nach, vorne wegen einer Runde „Nochma wie üblich" Bescheid zu sagen. Dann nahm er Mättes ins Visier. „Sachmal, wie blöd bist du eigentlich?", herrschte er ihn an. „Mal doch ein Schild und stell dich Sonntag damit vor die Kirche!"

Grabowski und die beiden anderen, Janses Will und Bankens Jupp, nickten ernst. „Find ich auch", bestätigte Jupp und nahm einen Schluck an seinem Bier.

„Leute, wir hatten uns darauf geeinigt, dass das ein blöder Betriebsunfall war und damit ist Ende Gelände", erinnerte Mevissen sie noch einmal und ließ seinen Blick von einem zum anderen wandern.

Der Wirt brachte „Nochmal wie üblich" und verschwand wortlos. Dann nahm Mevissen den Faden wieder auf. „Was dem Herbert damals passiert ist, war ein Unfall. Das haben wir schon tausendmal durchgekaut. Langsam könntest du deine Gewissensbisse begraben. Wir haben damit nichts zu tun."

„Nee, Unfall, ist klar", begann Mättes erneut im ironischen Tonfall. „Wir machen einen Chorausflug auf dem Rhein und Höhe Koblenz geht der Dirigent mir nichts dir nichts über Bord und von uns Schönen hier hat keiner damit zu tun. Wir stehen nur alle dabei und schauen zu."

„Genau!", unterbrach ihn der Vorsitzende. „Wir haben nichts damit zu tun! Oder hast du ihn etwa ganz sicher umgebracht?"

„Ja, nee … ihr wisst doch…", begann Mättes stammelnd.

„Was wissen wir?", hakte Bankens Jupp ein. „Wir wissen, dass er die Treppe runtergeplumpst ist, weil er hackedicht war, nachdem er sich einmal durch die Schiffsbar gepichelt hatte, und dass du zufällig in der Nähe gestanden hast. Mehr wissen wir nicht. Und da war der Herbert glaube ich schon sternhagelgranatenvoll, sonst wäre der ja nicht die Treppe runtergefallen, oder?"

„Genau", bestätigten die anderen drei wie aus einem Mund, während Mättes sich mit einer hilflosen Geste die Augen rieb und „ich weiß, ich weiß" murmelte.

„Und ich wollte ihn nur wieder in die Senkrechte bringen, deshalb habe ich ihm aufgeholfen und ihn gegen die Reling gelehnt, als ich ihn unten vor der Treppe gefunden habe", erklärte Janses Will mit ruhiger Stimme. „Mehr habe auch ich nicht mit der Sache zu tun. Oder? Ich bin dann ja auch gleich los, um Hilfe zu holen." Es folgte ein vergewissernder Blick in die Runde, der nickend bestätigt wurde. „Obwohl ich sicher einen Grund gehabt hätte, nach dem, was der mit meiner Elsbeth getrieben hat. Aber Schwamm drüber, ich bin ja nicht nachtragend. Kannst du alle hier fragen." Es folgte ein erneutes Nicken.

„Ja, aber, wir haben …", setzte Mättes erneut an.

„Was haben wir denn?", unterbrach ihn Grabowski unwirsch.

„Konnte ich denn wissen, dass der gar nicht kotzen muss, als ich ihn etwas über die Reling gedrückt habe. Ich wollte dem doch nur helfen." Nicken. „Dann hat er die Kontrolle verloren und ist rübergerutscht. Aber da war er ja schon wieder zu sich gekommen und hat sich am Geländer festgehalten. Ich wollte ihn ja noch hochziehen …" Nicken „… aber ich bin ja nicht schwindelfrei und auch nicht der Stärkste. Deshalb habe ich Hein geholt, stimmt´s Hein?" Mevissen nickte und übernahm. „Ja, und als ich kam, bin ich blöd gestolpert und gegen die Reling geknallt. Genau da, wo der sich festgehalten hat. Konnte ich ja nicht wissen, oder?" Allgemeines Kopfschütteln. „Und da ist der Herbert abgerutscht und ins Wasser gefallen. Da konnte keiner was für."

„Sachmal Hein, der Herbert, der hat doch auch mit deiner …", setzte Mättes erneut stockend an. „Ich meine … der hat ja quasi jede von unseren Frauen mindestens einmal bestiegen, oder?"

Mevissen riss die Augen überrascht auf. „Ja und? Glaubst du etwa, deshalb hätten wir den umbringen wollen? Na hör mal!" Er schaute sich überrascht um. Die anderen drei waren mindestens ebenso erstaunt über diese seltsame Idee.

„Ich kann mich noch sehr gut an den lautstarken Streit an der Bar erinnern, als du dem Herbert an die Gurgel gehen wolltest", setzte Mättes erneut an und schaute Mevissen tief in die Augen. Der hielt dem Blick nicht stand und erhob sich. „Ich geh noch was holen. Noch mal wie üblich?" Dabei machte er eine kreisende Bewegung mit dem Zeigefinger.

Wieder nickten alle, auch Mättes.

„Hör mal, Mättes, das ist nicht korrekt von dir", begann Janses Will, gleich nachdem Mevissen den Raum verlassen hatte. „Du kannst den Scheiß nicht immer aufwärmen. Wir haben damals alle die Aussage bei der Polizei gemacht. Und die haben uns das geglaubt. Und damit lass mal gut sein. Der Streit vorher hat keinen interessiert."

„Weil wir ihn nicht erwähnt haben!", unterbrach ihn Mättes.

„Ja, warum auch? Mann, tickst du noch astrein? Das war vereinsintern. Das ist so was wie ein Grundrecht oder so", konterte Will. „Das sagt quasi, dass das, was im Verein verkaspert wird, das geht dann keinen was an. So ähnlich zumindest. Und deshalb haben wir denen nichts davon gesagt. Klar?"

„Jaja, schon gut", wiegelte Mättes ab. „Trotzdem sind mir das zu viele Zufälle vor dem Unfall. Von mir weiß ich ja, dass ich ihn am liebsten heute als morgen losgeworden wäre. Schon wegen Biggi. Aber ich weiß, dass ich ihn nicht umgebracht habe."

„Ja, aber du stehst am blödesten da, weil du ihn die Treppe runtergestoßen hast", platzte ihm Janses Will ins Wort.

„Hab ich nicht!", verteidigte sich Mättes und wurde rot.

„Klar, haste nicht. Und wir haben auch nicht. Keiner hat nichts getan, geht das noch deutlicher?", kam es von hinten. Mevissen hatte den Raum unbemerkt betreten und sich hinter Mättes aufgebaut.

„Schau mal, wir haben ja sogar noch einen Rettungsring hinterhergeworfen, an dem der sich festhalten sollte. Jupp, stimmt's?" Jupp nickte eifrig.

„Ja, aber an der falschen Seite", murmelte Mättes. „Du hast den links reingeworfen, während Herbert rechts abgesoffen ist."

„Naja", erwiderte Jupp. „Wir waren ja alle nicht mehr nüchtern zu der Zeit. Kann sein, dass ich mich mit der Seite vertan habe, aber bestimmt nicht absichtlich."

„Und warum hat es fast eine halbe Stunde gedauert, bis ihr Alarm geschlagen habt?", fragte er erneut.

„Na, ich wusste in der Aufregung erst nicht, wen ich fragen sollte", kam es von Bankens Jupp. Mättes warf ihm einen Blick zu und schaute ihm tief in die Augen.

„Wir waren auf einem Schiff, da fragt man die mit den Uniformen, möchte ich wetten", presste er hervor.

„Ja, jetzt, wo du das sagst, klingt das einleuchtend", erklärte Jupp und nickte. „Hätte ich drauf kommen müssen. Aber hey, ich war genauso knülle wie du." Dabei grinste er und erhob prostend sein Glas.

Mättes starrte ihn an und in seinem Kopf rauschte es. Sollte er wirklich der einzige von ihnen sein, der sich wegen Herberts Tod Gedanken machte? Der Reihe nach schaute er seine vier Sangesbrüder an, einer unschuldiger als der andere.

Der Wirt unterbrach das Schweigen. „So, nochmal wie üblich", sagte er zum Tablett und stellte ohne hinzuschauen die Biere und Schnäpse ab. Nachdem er die Striche auf den Deckeln verteilt und die Tür hinter sich geschlossen hatte, erhob sich Mevissen und setzte eine feierliche Miene auf. „Liebe Sangesbrüder", begann er in demselben Tonfall, in dem er sonst die Mitgliederversammlungen eröffnete. „Lasst uns einen Moment im Gedenken an unseren lieben Dirigenten Herbert Barkotnik innehalten. Herbert war ein ausgemachtes Arschloch, das sage ich sicher in unser aller Namen. Herbert war ein mieser kleiner Schürzenjäger. Er hat uns allen Hörner aufgesetzt und zum Narren gehalten, die ganzen langen Jahre. In diesem Jahr hätte Herbert sein Vierteljahrhundert bei Eintracht vollgemacht. Aber er ist im lieben Vater Rhein in Höhe Koblenz ersoffen. Tragisch, traurig und für die deutsche Chormusik ein schwer zu verschmerzender Verlust, aber leider wahr. Wir gedenken seiner mit einem Toast und einem Lied. Meine Herren, wenn ich bitten darf."

Auf Kommando erhoben sich die vier schwankend von ihren Stühlen, prosteten sich mit einem herzlichen „Auf Herbert!" gegenseitig zu und kippten die Schnäpse runter. Dann räusperten sie sich und stimmten ihr Schicksalslied an, mit dem sie schließlich in zwei Wochen das Hückelhovener Musikfest eröffnen wollten.

„Warum ist es am Rheiiiiin so schööööön, warum ist es am Rheiiiiin so schoööööön....."

*

Gleich neben der Tür zum Hinterzimmer saßen Biggi, Gerlinde und Claudia bei einem Gläschen Hugo zusammen. Als der Wirt die Tür aufschob, um mit der nächsten Runde „Nochmal wie üblich" durchzuhuschen, wehten ein paar Fetzen des Liedes zu ihnen herüber. Claudia nahm die Melodie auf und begann zu summen.

„Warum ist es am Rhein so schön ..."

„Weil die Schweine drin untergeh´n", sangen Gerlinde und Biggi weiter. Dann mussten alle drei lachen. Als sie sich ein wenig beruhigt hatte, holte Biggi tief Luft und sagte leise: „Ich kann immer noch nicht fassen, dass es so einfach war, dem Herbert die ganzen Pillen in seine Getränke zu schmuggeln. Der war ja hackedicht, als er in meinen Mättes reingetorkelt ist. Da hätten die Männer gar nichts zu machen brauchen, der wäre sowieso zwanzig Minuten später mausetot gewesen, das Arschloch!"

„Auf Herbert", hoben Claudia und Gerlinde an und ließen die Gläser aneinander klirren. Dann begannen sie zu singen

„Warum ist es am ….."

Ende

Laari und das Erbe des Fremden

Oder wie die Entwicklung der Menschheit um hunderte Generationen beschleunigt wurde

Mitten im Gebiet des heutigen Meinweg, rund 30 000 Jahre vor unserer Zeitrechnung. Die Sonne steht rot und tief über den Bäumen, deren Wipfel sich wie schwarze Finger in den Himmel strecken, während es am Boden langsam kühl wird. Die Vögel haben mit ihren Abschiedsliedern für die Sonne begonnen und schon bald wird sich die Stille über ihre Heimat legen, wenn die große alte Mutter stirbt und die Welt in Dunkelheit getaucht wird, bis sie am Morgen wiedergeboren wird . Diese Zeit liebt Nu´Oc sehr. Sie bringt Ruhe, und die Gruppe sitzt zusammen, um zu erzählen und gemeinsam der Dunkelheit zu trotzen. In der Dunkelheit, wenn der dunkle Bruder den Himmel beherrscht, geht die Angst um und alle sind froh, dass das Feuer ihnen eine Zuflucht bietet. In dieser Zeit werden die Geschichten lebendig und die Schatten der Vorfahren umtanzen die Gruppe, um sich auch noch einmal am Feuer zu wärmen und das Leben zu spüren. Nu´Oc ist der Anführer der Gruppe seit er vor zwei Wintern den großen Yog im Kampf besiegt hat.

Mit der Steinaxt hat er seinen Schädel gespalten und sich dann neben ihm niedergelassen, um ihn beim Sterben zu begleiten. Wenn Nu´Oc die Augen schließt, sieht er Yogs erstaunten Blick und den Lebenssaft, der aus seinem Kopf floss. Yog hatte nicht damit gerechnet, dass der junge Krieger ihn herausfordern und auch noch besiegen würde. Das Sterben dauerte fast die ganze

Nacht, und am Morgen wurde Yog von der Gruppe bestattet, wie es sich für einen Anführer gehört. Dass von diesem Tag an Nu´Oc die Gruppe führen würde, wurde von niemandem angezweifelt. Er war der Stärkste und hatte auch bei der Jagd und im Kampf gegen die Hirsch-Sippe großen Mut bewiesen. Noch am selben Tag hatte Nu´Oc die schöne und kluge Laari zur Frau genommen, die als Tochter des toten Anführers das Recht hatte, dem nächsten Anführer als Frau zur Seite zu stehen. Ihre Brüder Laarn, Yorig und Hallon waren nach dem Tod des Vaters nur noch einfache Mitglieder in der Gruppe, denn die Frau gab die Stammlinie an und die musste erhalten bleiben. Deshalb war ihre Geburt ein Ereignis gewesen, das den gleichzeitigen Tod ihrer Mutter überstrahlte. Denn sie hatte ihre Aufgabe erfüllt, die Tochter war geboren. Laaris Mutter war schon die Frau des Anführers gewesen, ebenso deren Mutter und alle Mütter aus Laaris Linie bis zurück zu der Zeit, von der die ersten Geschichten berichten. Die Zeit, als die Vorfahren unter der Führung von O´m und seiner Frau Ulua den *Großen breiten Wasserarm* überquerten und sich in der fruchtbaren Gegend niederließen. Seitdem ist die Gruppe, die von den Nachbarn, Feinden und Handelspartnern *Uluas Kinder* genannt wird, hier. Und sie wird so lange hier bleiben, bis Laari oder eine ihrer Töchter beschließt, dass es an der Zeit ist zu gehen. Das ist eine starke Gewissheit, die jeder in der Gruppe teilt und die ihnen durch die Jahre ohne Jagdbeute und die kalten Winter geholfen hat, in denen den Kindern und den Alten die Zehen und Finger abgefroren sind. Die Töchter Uluas werden immer wissen, was gut ist für die Gruppe.

Und nun muss Nu´Oc mit ansehen, wie die Zukunft der Gruppe durch den Fremden in Gefahr gebracht wird. Er ist auf dem Weg zu ihm. Der Fremde hat sein Lager am anderen Ende des Waldes. Ein komisches Lager, aus glattem und kaltem Stein, der seltsame

Geräusche macht, wenn Nu´Oc mit der Axt dagegen schlägt. Doch heute wird er mit der Axt nicht gegen den großen Metallstein schlagen, in dem der Fremde wohnt. Er wird den Schädel des Fremden mit seiner Axt spalten. Es wird ihm keine Freude machen, denn er mag den Fremden mit der seltsam hellen Haut und dem leuchtenden Haar, in dem die Kraft der untergehenden Sonne gefangen zu sein scheint. Er hat gesehen, wie er mit seinem Stein aus dem Himmel gefallen ist, wie ein Sohn des Mondes. Der Stein brannte sogar an einer Seite, was Nu´Oc noch nie zuvor gesehen hatte. Er war gerade auf der Jagd nach Schweinen und lauerte an der Stelle der Lichtung, wo sie zum Fressen hinkamen, wenn die Sonne sich zum Sterben zurückzieht.

Nu´Oc mag es sehr, ruhig zu warten, bis der alte *Arig* seine Rotte aus dem Wald führt. Der Kampf zwischen den beiden geht schon lange. Nu´Oc hat schon zwei Söhne Arigs getötet. Dafür haben die Schweine auch schon einen jungen Jäger aus der Gruppe erwischt und schlimm zugerichtet. In dieser Nacht sollte der Alte selbst dran glauben, hatte sich Nu´Oc vorgenommen. Doch es kam nicht so weit, denn anstelle des alten Keilers ging ihm der Fremde in die Falle. Er fiel ihm vor die Füße. Zuerst dachte Nu´Oc, es sei ein Gesandter der Sonne. Doch der hätte nicht so geblutet wie der Fremde, als er Bekanntschaft mit Nu´Ocs Speer machte, der ihn an der Schulter traf. Er wollte ihn töten, doch dann sah er, dass es einer ihrer Art war – wie einer aus seiner Gruppe oder der Hirsch-Sippe. Er hat Arme und Beine, geht aufrecht und hat auch ein Gesicht, das seinem eigenen sehr ähnlich sieht. Wenn man von den seltsamen großen und hellen Augen absieht, in denen man sich verirren kann, sobald man hineinschaut. So ist es auch Nu´Oc ergangen, als er mit der Axt auf den Fremden zustürmte, um ihn zu erlegen. *Vor denen unserer Art muss man Achtug haben,* hat Laaris Mutter gepredigt. *Wir essen niemanden, der so ist wie wir.*

13

Sie war eine kluge Frau. Auch Laari ist klug. Aber niemand in der Gruppe ist so klug wie der Fremde. In seinen Augen sah Nu´Oc Dinge, die er nicht begriffen hat. Er sah sich, seine Leute, seine Kinder, Laari. Und er sah etwas, das ihm Angst machte. Doch die Augen des Fremden sagten auch, dass er nun nie wieder Angst haben müsste. Nu´Oc und der Fremde, der kein Wort sagt, sind Freunde geworden, haben zusammen gejagt und im *Kleinen Bruder* geschwommen, der einen halben Tagesmarsch weiter in den *Großen breiten Wasserarm* mündet.

Er hat dem Fremden gezeigt, wie man mit dem Speer jagt und wo man die Pilze findet, die schöne Farben im Kopf machen, wenn man die Augen schließt. Sie hatten nebeneinander ins Gras gelegt und in den Sternenhimmel geschaut, nachdem sie die Pilze gegessen hatten. Der Fremde hatte wieder erzählt ohne etwas zu sagen, direkt in Nu´Ocs Kopf hinein. Er hatte von seiner Heimat erzählt und dem Mond, den es dort gibt. Und von hohen Bergen und von Lagern, die so groß sind, dass man einen Tag braucht, um sie zu Fuß zu durchqueren. Und Nu´Oc ist immer noch überzeugt, dass der Fremde einen Witz gemacht hat. Denn er hat gesagt, dass er von da oben kommt. Von da oben? Wie kann man da leben, hatte Nu´Oc gedacht. Und der Fremde hatte geantwortet, dass es dort so sei wie hier unten. Aber hier unten ist hier unten und nicht da oben, hatte Nu´Oc gesagt und gedacht, dass die Pilze dem Fremden doch nicht so gut bekommen waren. Der Fremde hat ihm gezeigt, wie er Essen aus Steinen holt, die er zuvor aufschneidet. Er kann es nachts hell machen ohne ein Feuer zu entzünden. Er kann auch Wunden heilen und hat Nu´Ocs Mutter geholfen, die so schwer erkrankt war, dass alle dachten, sie würde sterben. Als Nu´Oc ihn gefragt hat, weshalb er das alles hier und für seine Gruppe tut, haben seine Augen geantwortet: *Weil ihr es wert seid. Und ich habe Großes für euch geplant.* Nu´Oc weiß nicht, was ein *geplant* sein soll, aber er hat verstanden, dass der Fremde weiß, was er will. Er hat ihm tief ins Herz geschaut und sich alles genau angeschaut, was Nu´Oc weiß. Und er war zufrieden mit dem, was er gefunden hat. Das konnte Nu´Oc spüren. Der Fremde war zum großen Blütefest im Lager der Gruppe und hatte am Lagerfeuer ohne ein Wort zu sagen in die Herzen der anderen gesprochen. Und die haben auch gehört ohne zu verstehen. Doch jetzt hat Nu´Oc verstanden. Die Geschichten, die in den Augen des Fremden wohnen, sind so giftig wie die Kappe des Rotpilzes. Denn er hat die Gruppe dem Untergang geweiht. Er hat seinen Samen in Laari gegeben.

Laari! Bei dem Gedanken an seine Frau steigt die Wut in Nu´Oc hoch und beschleunigt seinen Schritt. Er wird den Fremden töten und das Unbeschreibliche von der Gruppe abwenden. Die Frau des Weisen Alten wird das Kind aus Laari herausholen und so den Weg wieder freimachen für seine Arbeit. Er, Nu´Oc, muss Laari so oft wie möglich Kinder machen, denn ein Mädchen muss darunter sein. Das Mädchen, das die Tradition und das Wissen aller weitergeben wird. Und als Frau wird das Mädchen später nur in der Gruppe den Mann finden, der dieselbe Aufgabe haben wird wie Nu´Oc. Den Stärksten, der ihren Vater töten wird. So wie Nu´Oc eines Tages von seinem Nachfolger getötet wird. Die Augen des Fremden sagen: *Das ist nicht nötig. Ihr werdet lernen, dass es einen anderen Weg gibt, sobald ihr lernt, was es heißt zu sein. Und den Schlüssel dazu werde ich euch mitgeben.* Was das auch heißen mag, es steckt seitdem in Nu´Ocs Kopf. Als Laari ihm sagte, dass sie schwanger ist, wusste er, dass es nicht sein Kind ist. Denn Laari ist auch allein bei dem Fremden gewesen. Nu´Oc spürt, wenn einer böses Spiel mit ihm treibt. Nu´Oc wird das beenden, alles wieder so werden lassen, wie es war, bevor der Fremde vom Himmel gefallen ist.

Haben die da, wo der Fremde herkommt, denn keine Achtung vor den Sitten? Nu´Oc muss lachen. Er hatte zuerst tatsächlich geglaubt, dass das Volk des Fremden noch hinter dem Himmel wohnt. Und dass sein Volk sehr klug ist. Viel klüger als die Gruppe und alle, die Nu´Oc kennt. Die Weisen im Volk des Fremden wollen, dass alle, die so sind wie sie, auch so klug werden wie sie. Aber dürfen sie sich deshalb über die Sitten der *Kinder Uluas* erheben? Nu´Oc hält sich für klug. Er weiß, wann er was jagen kann und wie er die Zeichen der Umwelt deutet. Er weiß auch, was er tun darf, wenn er Fremde trifft. Der Fremde sagt, dass die Kinder der *Kinder Uluas* einmal sehr klug sein werden. Durch seine Hilfe und das, was er ihnen geben kann. Und Nu´Oc ist auf das böse Spiel hereingefallen. Nun ist Laari entehrt und die Gruppe vielleicht bald ohne Führerin, denn der magische Kreis der Gruppe ist durchbrochen.

Er nähert sich dem Lager des Fremden. Plötzlich bleibt er stehen und nimmt Witterung auf. Da ist nicht nur der Fremde. Da ist auch die Witterung von einem wie ihm. Einer, der riecht wie die Hirsch-Sippe. Und da ist noch eine Witterung, eine ältere. Die einer Frau aus der Hirsch-Sippe. Ganz hier in der Nähe muss sie gewesen sein. Nu´Oc zieht den Speer an die Schulter und nimmt eine gebückte Haltung ein. Ab jetzt hört man keine seiner Bewegungen mehr. Er wird zum lautlosen Schatten. Nu´Oc nähert sich dem Lager. Er ist vorsichtig, denn er traut dem Fremden zu, dass der hören kann, wie sich Nu´Ocs Gedanken seinem Lager nähern. Er sieht das Lager. Der riesige Stein liegt da auf der Lichtung, in der Höhle des Steins wohnt der Fremde. Nu´Oc hört Kampfgeräusche. Mann gegen Mann. Hirsch-Mann gegen seinen Freund, den er gerade noch selber umbringen wollte. Nu´Oc springt vor und sieht wie At´tan von der Hirsch-Sippe seinen Speer tief in die Brust des Fremden bohrt. At´tan ist stark und gefährlich, aber bisher konnten beide einen Kampf vermeiden. Nu´Oc springt ihn an und reißt ihn von dem Fremden weg, der nach hinten taumelt und dann zusammensackt. Nu´Oc und At´tan fallen zu Boden und wälzen sich durch die eiskalte Höhle des Fremden. Sie schauen sich an. Jeder könnte den anderen mit einem Hieb töten, aber sie schauen sich nur an. Beide verstehen, beide erkennen. Auch At´tan will nur die Zukunft seiner Sippe retten. Und er hat getan, was zu tun war. Beide nicken. At´tan steht auf, schaut auf den Fremden, der nun reglos daliegt, mit einem langen Speer in der Brust. Schwarzes Blut fließt über seinen Brustkorb. At´tan stößt ihn mit dem Bein an, nichts. Er dreht sich um, nickt Nu´Oc noch einmal zu und geht. Vielleicht werden sie sich in einem späteren Streit um Land oder Jagdwild töten, doch heute ist nicht der Tag dafür.

Nu´Oc geht auf den Fremden zu und kniet sich neben ihn. Die großen Augen leuchten schwach und er sieht tief hinein. Der Fremde sagt *Pass auf Laari auf. Ziehe das Mädchen groß, dass sie bekommt, denn es trägt den Samen des Wissens in sich. Du zeigst ihnen damit den Weg in die Zukunft und sparst deinen Kindern und Enkeln so viel Zeit. Durch mich werdet ihr so schnell erwachsen, mein Freund.* Nu´Oc weiß nicht, was das bedeutet. Aber seine Wut ist verschwunden. Seine Mordlust ist abgekühlt. Er sieht wie das Flackern in den Augen des Fremden erlischt. *Wird wohl tot sein,* denkt er. Zufrieden ist er nicht. Etwas nagt in ihm und lässt ihn nicht zur Ruhe kommen. Was ist, wenn er Recht hat? Was ist, wenn seine Klugheit durch Laari in unsere Gruppe gelangt. Nu´Oc kratzt sich den Kopf, ihm wird schwindelig. Wie soll er das alles wissen? Doch er spürt, dass er weiß, was zu tun ist.

Nu´Oc wird noch bis zum Morgen bei dem Fremden sitzen und nachdenken. Wenn der Morgentau die ersten Vögel weckt und das ferne Rascheln im Wald leiser wird, wird er seinen Entschluss gefasst haben. Die Gruppe wird den Fremden mit viel Respekt und Liebe in seinem fliegenden Stein beerdigen und Erde auf den Stein schütten, bis er zu einem riesigen Grabhügel geworden ist.

Nach dem Winter wird Laari zwei Mädchen zur Welt bringen, danach noch zwei, bevor sie in einem strengen Winter an Schwäche stirbt. Nu´Oc wird von einem jungen Krieger besiegt und getötet, der die älteste seiner vier Töchter zur Frau nimmt. Die anderen drei gründen später eigene Gruppen und ziehen mit ihnen weg. Bei den Hirsch-Leuten werden auch Mädchen geboren, die durch ihre helle Haut und die leuchtenden Haare auffallen. Wenig später erkennen die Leute in der *Heimat*, dass man Tiere auch züchten kann. Dann werden sie Ackerbau betreiben und viele weitere ganz pfiffige Ideen haben. Und sie tragen ihr Wissen in die Welt hinaus. Sie werden das Rad der Entwicklung schneller drehen und auf Touren bringen. Sie werden das Rad an sich erst einmal erfinden und dazu eine Menge von Dingen, mal zum Krieg führen, mal zum Ernten oder um die Götter, die sie auch erfinden werden, zu besänftigen. Und sie werden von Generation zu Generation das Wissen des Fremden weitertragen ohne es selbst zu wissen.

Ende

Ein Fingerzeig des Schicksals

Das Festzelt kochte. Wie immer, wenn die Local Heroes mit ihrer Mucke da waren. Das Programm stimmte und es bot für jeden Geschmack etwas. Vor zehn Minuten hatte der Sänger Manni noch mit einem perfekten Privatitalienisch den Eros Ramazotti gegeben und die Damen im Saal zum Schmelzen gebracht. Dann war es über „Final Countdown" und „Still lovin´ you" langsam härter geworden. Sie hatten das Stimmungsbarometer hochgeschraubt. Für eine Coverband war die Mischung ausschlaggebend. Schmusig für die Mädels und hart für die Jungs. Und jetzt war Jakob, genannt „Jake" Beiersdorf bei „Hells Bells" voll in seinem Element. Wenn er die Gitarre vor dem Bauch hängen hatte, war er wieder jung, wild und sexy. Das liebte er so an seinem Job bei den Local Heroes, dass er für ein paar Stunden in der Woche dem Leben und der Realität entfliehen konnte. Sein langes Haar hing an seinem Kopf herunter, den er gesenkt hielt, während er die Akkorde schlug. Die Pose hatte er bei Angus Young abgeschaut und perfektioniert. Ja, Leute, ich bin Rock`n´Roll, dachte er und hob den Kopf. Das Scheinwerferlicht blendete ihn, aber er gewöhnte sich wie immer schnell daran. Rampensau. Er ließ den Blick über die Leute in den ersten Reihen gleiten. Immer dasselbe Publikum, immer dieselben Gesichter. Ob in Keyenberg, in Gerderath oder auf dem Lambertusmarkt in Erkelenz – immer dieselben Gesichter. Immer dieselben Lieder. Dann stockte er. Am Bühnenrand ein neues Gesicht. Oder doch nicht? Kannte er ihn nicht irgendwo, den Kerl, der da mitrockte und einen dieser lächerlichen Schaumstoffhandschuhe schwenkte, die eine überdimensionale Hand mit aufgestecktem Zeigefinder

19

darstellten? Die Dinger kannte er aus Sportübertragungen, meistens Basketball oder Football aus Amerika. Die setzten sich in Deutschland auch langsam durch, dachte er, während seine Hände automatisch die drei Grundakkorde des AC/DC-Klassikers auf der Gitarre anschlugen. Der Typ da vorne gefiel ihm nicht. Mageres Gesicht, tief liegende Augen unter einer großen Hornbrille und auch optisch so gar nicht zum üblichen Partyvolk um ihn herum passend. Und er starrte ihn die ganze Zeit über fröhlich an, schien nur Augen für ihn zu haben. Dabei wackelte Sängerin Danielle neben ihm mit allem, was ihr Mutter Natur mit auf den Weg gegeben hatte. Jetzt das Solo. Der Typ ging ab wie Schmitz´ Katze. „Will der mich verarschen, so gut ist mein Gezupfe heute nicht", brummte Jake und wurde zunehmend unruhiger. „Dem würde ich am liebsten ein paar in die Fresse geben", schoss es ihm durch den Kopf. Dann drehte der da unten den Handschuh, auf der anderen Seite stand mit schwarzem Edding etwas geschrieben. Jake kniff die Augen zusammen und linste durch seine nassen Haarsträhnen hindurch, um es zu erkennen.

Was steht da? „Bumsen"? „Brummen"? B- U – M – M- S! „Bumms? Was soll das denn heißen?", fragte sich Jake und schaute sich irritiert um. Niemand außer ihm schien den Kerl zu bemerken, der anfing, ihm richtig auf den Sack zu gehen.

„Dir bumms ich gleich eine, Freundchen", brüllte er und ging ins letzte Solo des Stückes. Der Kerl deutete auf etwas hinter Jake. Dreh dich um, sagte seine Geste. Was soll das? Da steht bloß mein Verstärker. Woher kenn ich den Kerl bloß? Der war doch vorhin beim Soundcheck auch dabei. Der neue Techniker? Wo zeigt der denn andauernd hin? Und was hat der da in der Hand? Eine Fernbedienung! Was will der denn damit? Und warum zeigt er mit dem Schaumstofffinger auf das Ding? Das sah einfach zu bescheuert aus. Dem werde ich gleich mal so richtig eins auf die Fresse geben, beschloss er. So wie in der guten alten Zeit. Erst zuschlagen, dann Fragen stellen. Jake kam aus dem Rhythmus, die Töne jaulten und passten nicht zum Rest. Der Typ, der Finger, worauf zeigt der? Was soll denn mit dem Verstärker sein? Jake wurde zunehmend verwirrter und drehte sich um. Er sah Funken. Oh Gott, Scheiße.

Dann durchzuckte ihn der Stromschlag mit voller Wucht und schleuderte ihn ein Stück durch die Luft. Die Leute schrieen. Der Akkord, den er eben noch angeschlagen hatte, ging in seinem Kopf unendlich weiter und zog ihn mit. Er sah Lichtblitze und hörte Schreie.

Jake sah und hörte nicht mehr, dass um ihn herum die Hölle los war. Er war ganz anderswo, zu einer anderen, lange vergangenen Zeit. Er stand wieder im Zug von Mönchengladbach nach Erkelenz. Seine Nase war nach einem Fausthieb geschwollen. Auch Heise und Jansen, mit denen er jeden zweiten Samstag am Bökelberg unterwegs war, um gegnerische Fans aufzumischen, waren angeschlagen. Diesmal war es nicht so gut gelaufen für die drei. Am Bahnhof in Gladbach waren sie in einen Trupp FC-Fans gelaufen, die es ihnen richtig besorgt hatten. Nun standen sie dicht gedrängt mit den anderen im Zug und stierten durch die beschlagenen Scheiben hinaus auf die graue und unspektakuläre Landschaft, die an ihnen vorbeizog. Ein Stück weiter saß so ein heruntergekommener Punk und grinste sie frech an.

„Was grinst du so, du Ratte?", schnauzte Jansen ihn an, doch der Typ grinste nur frech weiter. Oder hatte er es überhaupt nicht mitbekommen? Aus den Kopfhörern seines Walkmans kam ein Krach, den man trotz der Zuggeräusche bis zu ihnen hin hören konnte. Dazu zuckten die Finger seiner rechten Hand, als würde er Bass zupfen. Jansen pöbelte weiter, doch Jake war sich nicht einmal sicher, dass der Typ ihn überhaupt hörte. Der Zug verringerte seine Geschwindigkeit und lief langsam in Erkelenz ein. Triste Hintergärten und Rückansichten von teuer ersparten Eigenheimen schoben sich ins Bild. Der Zug bremste und kam zum Stehen, woraufhin Bewegung in die dicht gedrängten Borussenfans kam, von denen nun viele aussteigen wollten. Auch dieser Punk setzte sich in Bewegung und huschte ausgerechnet vor Jansen auf den Gang.

„Heh, Arschloch, geht's noch?", pöbelte Jansen los und rammte dem Punk seine Faust gegen den bemalten Rücken seiner schwarzen Lederjacke. Genau mitten ins Fadenkreuz und den RAF-Schriftzug. Der Punk drehte sich um, schaute Jansen, Jake und Heise fragend an, dann grinste er wieder und streckte ihnen den abgespreizten Mittelfinger entgegen. „Fuck you!", zischte er, dann wurden sie von den anderen weitergeschoben, bevor Jansen aus dieser Steilvorlage ein Prügelszenario machen konnte. Während sie nach vorne gedrückt wurden, drehte er seinen Kopf zu seinen Begleitern und schaute sie vielsagend an. Es würde doch noch Spaß geben an diesem Samstag.

Auf dem Bahnsteig übernahm Jansen sofort das Kommando. „Wo ist der Sack, der wird sich wundern", knurrte er gepresst und schaute sich suchend um. Es war Jake, der ihn entdeckte. Der Kerl war über die Schienen geklettert und stapfte nun auf der Neusser Straße in Richtung Wasserturm. Scheinbar war ihm nicht bewusst, was er da eben angerichtet hatte. Oder er war zugedröhnt.

„Los, den kriegen wir!", rief Jansen, dann rannten sie los.

Jakob Beiersdorf würde nie wieder rennen. Um 22.25 Uhr stellte der Notarzt seinen Tod fest.

*

22

Bernd Heisemann kam spät aus der Verwaltung. Als Leiter des Tiefbauamtes musste er eine Präsentation über die Kanalsanierung im Marienviertel für die nächste Bauausschusssitzung fertigmachen. Das würde einigen Niederschlag finden im nächsten Haushalt, den sie hoffentlich noch rechtzeitig verabschiedet bekämen. Schließlich schwebte über allem schon länger das Haushaltssicherungskonzept, vor dem man die Stadt ein weiteres Jahr verschonen wollte. Seine Kollegen konnten nicht verstehen, dass es ihm so wenig ausmachte, lange zu arbeiten. Doch er war froh und stolz auf sich, dass er es so weit gebracht hatte. Vor allem, weil fast jeder, der ihn kannte, ihn völlig abgeschrieben hatte. Aus dem Heise wird nichts mehr, war die einhellige Meinung gewesen. Bis zur Fußballweltmeisterschaft 1990 in Italien hatte er das auch geglaubt. Doch dann hatte seine Kariere als Hooligan ein jähes Ende genommen. Im Gegensatz zu Jake und Jansen hatte er sich nach der Festnahme und den Wochen im italienischen Knast aus der Szene zurückgezogen. Von den beiden hatte er seitdem nichts mehr gehört. Das hatte er zu verhindern gewusst. Jake hatte er später ab und zu mit seiner Band auf der Bühne auf dem Lambertusmarkt gesehen, aber sie hatten nie ein Wort gesprochen. Der notorisch arbeitsscheue Herumtreiber hatte im Knast in Siegburg Gitarre gelernt und gleich dazu anscheinend alle Lieder, die das Zeug zum Festzeltklassiker hatten. Von seinem tragischen Tod auf dem Schützenfest vorige Woche in Holzweiler hatte Heisemann aus der Zeitung erfahren. Es hatte ihn nicht sonderlich beeindruckt. Nicht so, wie Isabelles wunderbarer Bauch, in dem seine Zukunft schlummerte. Dass Jansen am Bahnhof einen Kiosk betrieb, in dem sich die rechte Szene traf, hatte er über Umwege aus dem Amt und von den Kollegen von der Kreisbehörde mitbekommen. Seitdem mied er bewusst den Bereich um den Konrad-Adenauer-Platz. Selbst als er noch ein harter Junge war, hatte er Angst vor Jansen gehabt. Heisemann musste grinsen, während er den Schlüssel aus der Manteltasche kramte. Der war zu allem fähig, wie damals `88 in der Unterführung. Was für eine Sauerei. Durch Vermittlung seines Onkels hatte er nach der Ausbildung in der Baufirma und der abgewendeten Verurteilung wegen seiner Fußballleidenschaft eine Stelle bei der Stadt bekommen. Die Vorstrafen wegen Körperverletzung und Landfriedensbruch hatten nach einiger Überzeugungsarbeit seines Onkels keine Rolle mehr gespielt. Dafür hatte der Personaler bei der Unterzeichnung des Anstellungsvertrags seltsam gequält gelächelt und etwas von Eingewöhnung und ein Auge drauf halten gemurmelt. Die ersten Monate hatte er deshalb das Gefühl gehabt, dass ihn alle beobachteten. Also war er nur noch freundlicher, hilfsbereiter und unterwürfiger. Abends, wenn er nach Hause gekommen war, hatte er sich in den ersten Jahren immer vor Ekel besoffen. Doch er hatte sich eingewöhnt, hatte ihre Sprache, ihr Denken und ihre Gewohnheiten übernommen und mit dem Saufen aufgehört. Dann hatte er sich unaufhörlich nach oben gebissen, gearbeitet und geschlichen. Jetzt war er wer, war für seinen Horizont ganz oben angekommen. Und er hatte die schönste Frau der Verwaltung abbekommen. Isabelle vom Stadtmarketing. So bezaubernd wie ihr Name war auch sie selbst. Sie hatte ihn nach seiner emotionalen Lebensbeichte vor dem ersten Sex zärtlich über die Wange gestreichelt und ihn ihren armen Schatz genannt. Es war verziehen. Alles. Er war nicht mehr Heise, er war Heisemann. Seit zwei Monaten wussten sie, dass sie schwanger war. Er konnte sein Glück immer noch nicht fassen. Hatte es sich doch gelohnt, sich von seinem Leben loszusagen und ein neues zu beginnen. Er drückte auf seinen Schlüssel, doch der Passat Kombi entriegelte sich nicht. Also schloss er selber auf. Muss wohl wieder zur

Inspektion, dachte er und steckte den Schlüssel ins Zündschloss. Nichts. Der Wagen sprang nicht an. Dafür hörte er ein leises Klicken, das er im Zusammenhang mit der Elektronik seines Autos noch nie gehört hatte. Das Klicken wurde durch ein leises Piepen abgelöst. Da trat eine Gestalt aus dem Schatten des Gebüschs vor der Windschutzscheibe. Heisemann nahm sie erst nicht wahr und versuchte weiter zu starten. Dann sah er, dass der Kerl ihn beobachtete. „Was will der denn jetzt?", knurrte er und wollte aussteigen. Doch die Tür war verriegelt. „Was... Oh, verdammt!" Er schlug aufs Lenkrad. Der Typ war immer noch da. Er beobachtete das Schauspiel im Wageninneren interessiert. Er begann, in einer Tüte zu kramen, die er bei sich trug. „Was willst du?", brüllte Heisemann wütend. Das fehlt mir grad noch, dass der Bekloppte mich jetzt noch anstarrt. Hoffentlich erwische ich jemanden in der Werkstatt, sonst sitze ich hier morgen noch. Er kramte nach seinem Handy und schaute erst auf, als es an der Scheibe klopfte. Der Typ stand neben dem Wagen und beugte sich herunter.

„Was willst du? Siehst du nicht, dass ich hier andere Probleme habe?", herrschte Heisemann ihn an und versuchte sich wieder am Zündschloss, weil er sein Handy nicht fand und weil er dem Kerl zeigen wollte, dass er keine Zeit für ihn hat. Das Piepen hatte nicht aufgehört, es machte ihn langsam verrückt. Der Typ klopfte noch einmal.

„WAS??" Langsam wurde Heisemann wütend. Dann sah er das Einmachglas, das der Kerl ihm in Augenhöhe präsentierte. Was soll das jetzt, dachte er und schaute genauer hin. In dem Glas schwamm ein längliches Etwas, ein Wurm vielleicht.

„Ich spende nichts, du kannst abhauen", sagte Heisemann laut und schaute dem Kerl zum ersten Mal ins Gesicht. Er kannte ihn. Er kannte das Gesicht, aber ohne Falten, ohne graue Schläfen und ohne Brille. Aber woher? Dann schaute er auf das Einmachglas. Was da drinnen schwamm, war – ein Finger. Ein verschrumpelter bläulicher menschlicher Finger. Er erinnerte sich. Er schaute nach oben in das Gesicht, an das er sich jetzt auch schlagartig erinnerte. Der Schleier war weggerissen und er war wieder Heise. Mein Gott, das ist doch Ewigkeiten her. Der Kerl lächelte, deutete noch einmal auf das Einmachglas und drehte sich um. Er ging rund fünf Meter, dann drehte er sich erneut um. Heisemann war seinen Bewegungen wie hypnotisiert gefolgt. Immer noch hielt er das Einmachglas mit dem Finger darin in der rechten Hand. Er kramte mit der Linken in seiner Manteltasche und holte etwas heraus, das Heisemann an eine Fernbedienung erinnerte. Er schwenkte sie fröhlich, richtete sie auf Heisemann und drückte. Dann ging er. Das Piepen wurde lauter und erstarb plötzlich. Heisemann begriff das Unbegreifliche.

„Ach du Schei …" Die Detonation schnitt ihm das Wort ab.

*

Seine Krüppelhand lag vor ihm auf dem Tresen. Er schaute sie immer noch jeden Tag interessiert an, hatte sich all die Jahre nicht an den Anblick gewöhnen können. Diese Hand, an der der Mittelfinger fehlte, sie sah für ihn auch nach über zwanzig Jahren immer noch bizarr aus. Eine unübersehbare Lücke klaffte zwischen Zeige- und Ringfinger. Je nach seiner Laune erinnerte sie ihn an die vordere Zahnreihe eines Neunjährigen, in der es schon die ersten Abgänge auf dem Weg zu den Schulzähnen gegeben hat, oder an den Unfall damals in der Unterführung. Damals, als die Gladbacher Borussia gegen den FC verloren hatte. Der Unfall, der sein Leben völlig verändert hatte. Er konnte nie wieder Bass spielen, verließ die Band und war nicht bei den ersten

Plattenaufnahmen in Hamburg und der legendären Tour durch England und Skandinavien dabei. Dafür hatte er etwas Neues anfangen müssen und hatte sich für Elektrotechnik an der RWTH in Aachen entschieden. Alles wegen dieses blöden Fingers seiner rechten Hand, den er für immer verloren hatte. Da sei nichts mehr zu machen, hatte der Arzt im Krankenhaus gesagt. Der Schnitt sei zu zerfetzt, der Knochen zu sehr zerstört. Die Nachricht hatte ihn damals gelähmt. Denn sie war mit schrecklichen Erkenntnissen verbunden. Doch trotzdem hatte er seinen Finger in einem unbeobachteten Moment an sich gebracht, bevor er entsorgt und mit allerhand Blinddärmen, Mandeln und anderen chirurgischen Überbleibseln verbrannt werden konnte. Er wusste selbst nicht, weshalb er das getan hatte. Er hatte es erst viel später begriffen. Doch seitdem hatte Vierfinger-Joe, wie seine Kommilitonen ihn nicht ohne einen gewissen Respekt wegen der dazugehörenden erfundenen Geschichte getauft hatten, seinen fünften Finger in einer Alkohollösung aufbewahrt. In einem Einmachglas, das er auch bei allen folgenden Umzügen immer mitgenommen hatte. Während seines Auslandsstudiums in den USA hatte er ihn im Wald an einer unzugänglichen Stelle verbuddelt, doch gleich nach seiner Rückkehr hatte er ihn wieder ausgegraben und mit nach Hause genommen. Seine Frau hatte ihn noch nie zu Gesicht bekommen. Im Laufe der Jahre hatte der Finger gelitten, war unansehnlich geworden und hatte in letzter Zeit begonnen sich aufzulösen. Also war es an der Zeit. Wie hatte der Proll damals in der Unterführung gesagt, als sie wegliefen? „Scheiß auf die Ratte, kann sich ja melden, bevor der Finger verfault ist." Er hatte den Satz durch den betäubenden Schmerz hindurch mitbekommen. Und er hatte sich in sein Gehirn eingebrannt. Er hatte mehrmals vergeblich versucht, den Finger durch Änderung des

Mischungsverhältnisses der Lösung länger zu erhalten. Doch nun begann er sich aufzulösen. Also meldete er sich jetzt.

*

Rainer Jansen war schon seit vier Uhr morgens auf den Beinen. Nun war es halb sechs und er hantierte am Rollgitter herum, das seinen Kiosk nachts vor Einbrechern schützen sollte. Das verdammte Ding klemmte auf halber Strecke, sodass er die Zeitung gebückt einräumen musste. Nun versuchte er, das Mistding endlich ganz nach oben zu bewegen. Schließlich konnten seine Kunden ja nicht drunter durchkriechen. Er schaute an der Laufschiene entlang, ob sich dort etwas verhakt hatte und drückte erneut auf den Knopf. Nichts rührte sich. Während er in die Knie ging, um einen Blick von unten auf die Sache zu werfen, musste er auf einmal an Jake und Heise denken. Beide waren innerhalb weniger Tage gestorben, durch Stromschlag und Explosion. Die Gang existierte nicht mehr, bis auf ihn. Und er hatte mit dem Kapitel längst abgeschlossen. Von seinem durch jahrelange Nachtschicht ersparten Geld hatte er den Kiosk eröffnet. Wieder musste er an die schlagfertigen Drei denken. Jake und Heise - und er. Kerl, waren wir damals meistens besoffen und geladen bis in die Haarspitzen. Morgen spielt Borussia wieder gegen den verhassten FC, das wird eine harte Nuss. Gegen Mittag würden sich die hiesigen Ultras wieder in seinem Kiosk sammeln, um sich Mut anzutrinken und ihren Schlachtplan zu besprechen. Was würde er dafür geben, noch einmal mit den Jungs um den Block zu ziehen und ein paar Nasen zu brechen. Dann hörte er, wie sich das Gitter knirschend in Bewegung setzte. Nach unten. Schnell wollte er darunter hervorkriechen, doch jemand hielt ihn fest.

„Hey, was soll der Scheiß? Das kann gefährlich werden!", schnauzte er los.

„Stimmt", hörte er eine ruhige und fröhliche Stimme. Er zappelte nach Leibeskräften, aber aus seiner Position heraus konnte er seine ganze Kraft nicht zum Einsatz bringen. Das Rollgitter hatte seinen Kopf erreicht. Jetzt wird es langsam eng, dachte er. Verdammt, muss was tun. Dann wurde er nach hinten gezogen. Endlich! Aber nach einem Stück war Schluss. Das Gitter erreichte seinen Hals und stoppte, als sein Kopf auf den Boden gedrückt war.

„Was soll die Scheiße? Ich ruf die Bullen!" Er versuchte zu sehen, wer sich da hinter ihm zu schaffen machte, aber er konnte seinen Kopf nicht drehen. Immerhin hatte das Gitter aufgehört sich zu bewegen. Dann hörte er ein ploppendes Geräusch und ein beißender Geruch drängte sich in seine Nase.

„Schau mal, erinnerst du dich?", fragte die Stimme hinter ihm freundlich. Er verdrehte die Augen so weit er konnte und sah ein seltsames ekliges Ding, das ihm vor das Gesicht gehalten wurde. Der beißende Geruch ging davon aus. „Was - ?"

„Psssst, nicht so laut. Sonst ist der ganze Spaß weg.", unterbrach ihn die Stimme. „Erinnerst du dich? Du hast gesagt, ich soll mich melden, wenn er verfault. Schau mal, riech mal - nun ist es so weit."

Jansen erinnerte sich. Auch wenn er es nicht wollte, aber die Szene drängte sich wieder in sein Bewusstsein. Das Blut, der Punk am Boden. Damals nach dem vergeigten Spiel gegen den FC. Das musste ja schon mindestens zwanzig Jahre her sein. Sie hatten ihn bis zu der Unterführung verfolgt und dann hineingetrieben. Heise, Jake und er. Der Kerl hatte sich vor Angst in die Hosen geschissen, als sie begannen ihn aufzumischen. Die übliche Inszenierung. Gespielte Empörung über angebliche Beleidigung, ein wenig schubsen, ein paar Schläge in die Fresse. Dann locker lassen,

Hoffnung aufkommen lassen, um dann umso härter zuzulangen. Zu dritt macht es Spaß, aber man muss zusehen, dass man nicht zu kurz kommt. Immerhin hatte er das Vorrecht des ersten Tritts, schließlich war er der Anführer gewesen. Er liebte die Angst in den Augen und die gleichzeitige Erkenntnis, dass etwas Schreckliches passieren würde. Er liebte es, ihre Angst zu riechen. Auch bei dem Punk damals mit seinen leuchtend rot gefärbten Haaren und der beschmierten Lederjacke. Er wusste nicht mehr, wessen Idee es war. Sicherlich seine eigene. Aber er war es, der mit dem abgeschlagenen Flaschenhals auf die Hand eingeschlagen hatte, um den bösen Mittelfinger abzutrennen, mit dem er ihn beleidigt hatte. Auf was für Ideen man kommt, wenn man zu viel getrunken und an dem Tag schon selber ein paar aufs Maul bekommen hat. Ein geiles Gefühl, das spürte er immer noch.

Es hatte einige Mühe gekostet und der Scheißkerl hatte wie am Spieß geschrien und um sich getreten. Er hatte den beiden anderen ganz schöne Arbeit gemacht ihn festzuhalten. Aber er hatte den Scheißfinger abbekommen. Immerhin. *Ja, wir schwören Stein und Bein auf die Elf vom Niederrhein...* Wie kam ihm jetzt so ein Quatsch in den Sinn? Sein letzter Gedanke war „Scheiße, das ist doch nicht fair!", dann setzte sich das Rollgitter in Bewegung, fuhr langsam herunter und brach ihm im Zeitlupentempo das Genick.

*

Kommissar Ben Becker war etwas irritiert, als er die Meldung auf den Tisch bekam, dass in der Nähe des Kiosks, in dem dessen Besitzer durch einen Unfall zu Tode gekommen war, ein zerbrochenes Einmachglas in einem Mülleimer gefunden worden war, dessen Inhalt nach Ansicht der Kollegen in seine Zuständigkeit fiel. Ein Finger, eingelegt in Alkohol.

Schätzungsweise zwanzig Jahre alt. Gefunden hatte man ihn anscheinend nur, weil alle Hunde, die vorbeikamen, komplett die Fassung verloren und wahre Veitstänze vor dem Behälter aufgeführt hatten. Blöde Tölen. Schließlich hatte es wohl eine arge Balgerei um den Leckerbissen gegeben, der nun in Teilen in einem Schäferhund und einem Golden Retriever verschwunden war, deren Besitzer Angst hatte, ihre besten Freunde könnten an der Alkoholmischung sterben, in die das Leckerli eingelegt war. Ein Foto des übriggebliebenen Objektes war der Meldung beigefügt. Becker schüttelte sich. Mein Gott, ist das eklig, dachte er. Was für kranke Idioten gibt es hier in Erkelenz! Und alles bleibt an mir hängen. Aber nicht heute. Heute ist Borussia angesagt. In zehn Minuten würde er seinen Freund Müller im Philosoph einsammeln und dann ging es ab zum Nordpark. Freitagsspiel gegen den FC. Das würde er sich nicht durch eine so eklige Sache vermiesen lassen. Das konnte bis Montag warten. Heute sind drei Punkte Pflicht.

Ende

Jokers großes Spiel

Joachim Jaguschek, genannt Joker, war klar, dass er es diesmal übertrieben hatte. Um ihn herum waren Kälte und Dunkelheit. Vor ihm lag die Millicher Halde. Er schmeckte das Blut im Mund und fühlte mit der Zunge an der Stelle entlang, wo bis vor ein paar Minuten noch sein rechter Schneidezahn und dessen linker Nachbar gesessen hatten. Sein linkes Auge war nahezu ganz zugeschwollen, sodass er den Weg kaum sehen konnte, auf dem er entlang gestoßen wurde. Auch das Atmen fiel schwer durch die immer mehr zugeschwollene Nase. Bingo und Bongo hatten ganze Arbeit geleistet. Dabei hatte es am Anfang wirklich gut ausgesehen. Fünf Kilotüten mit Pulver, die oberste voll mit verschnittenem Speed. Der Rest war Babypuder gemischt mit Scheuermittel. Es hätte klappen müssen, aber Askim, der misstrauische Sack, hatte zielsicher die unterste der fünf Tüten aus dem Rucksack hervorgekramt, angeschnitten und seinen angefeuchteten Zeigefinger in das Pulver gestoßen. Bei dem Anblick und der Gewissheit, was folgen würde, hätte sich Joker am liebsten in die Hose gemacht. Dann war alles sehr schnell gegangen. Askim hatte geschnupft, große Augen gemacht und mit einem Nicken seinen beiden Gorillas zu verstehen gegeben, dass es an der Zeit war, dem Joker die Grubenlampe auszupusten. Während der noch nachdachte, was er wohl sagen könnte, traf ihn der erste Schlag mitten ins Gesicht. Es folgte eine ganze Reihe von Schlägen, doch nach dem dritten in die Magengrube hatte sich der Joker erst einmal auf den Boden vor sich übergeben, bevor seine Beine unter ihm wegklappten. Sie hatten sich auf dem Parkplatz der Millicher Halde getroffen, um den Deal durchzuziehen. Der Ort war ideal geeignet, abseits der Straße und durch Bäume vor Blicken geschützt. Spät am Abend traf man dort niemanden an und man konnte schnell wieder verschwinden.

Die Idee, sich mit Askim und seinen Leuten einzulassen, war nicht seine beste gewesen. Vor allem nicht, weil er von Anfang an vorgehabt hatte, sie abzuziehen. 25 000 Euro hätte ihm die Nummer eingebracht. Abzüglich der 1000, die er den Bikern in Roermond für die Tüte echten Stoffs schuldete, war es das wert gewesen. *Irgendwas geht immer,* hämmerte er sich ein, während er das erste Teilstück der Himmelleiter hochgeschubst wurde. Vor ihm Askim und sein Adjutant Hassan, hinter ihm Bingo und Bongo, die sich einen Spaß daraus machten, ihn bei jedem Schritt zu treten, zu schubsen oder zu schlagen.

Die Millicher Halde war Stein und Schotter gewordene Bergbaugeschichte. Das, was die Kumpel im Laufe von knapp 90 Jahren aus der Erde geschaufelt hatten, um an die begehrte Kohle zu kommen. Im Laufe der Jahre begrünt und bewaldet war die Halde nun auf dem Weg, ein Stück des touristischen und Naherholungsangebotes der Stadt Hückelhoven zu werden. Vom Parkplatz aus hatten sie den Anstieg über die Himmelstreppe begonnen. Ein viel zu schöner Name für das Metallgestell, das außen an der alten Abraumhalde hoch führte zur Aussichtsplattform, von der aus man bei gutem Wetter einen guten Blick ins Land hatte.

Die ersten fünfzig Stufen auf dem Weg zur Aussichtsplattform lagen hinter ihnen. Oben auf der Millicher Halde würden sie ihn töten. Wie passend, ihn, den ehemaligen Bergmann, der seine besten Jahre auf der Zeche und unter Tage verbracht hatte, würden sie auf dem Gipfel des Abraumberges töten, zu dessen Entstehen er, sein Großvater, sein Vater und seine beiden Onkels bestimmt einige Meter beigetragen hatten. Etwas wehmütig dachte er an seine Kindheit im Schatten der Fördertürme. Bergmann in dritter Generation hatte er werden wollen. Doch dann hatte die Zechenschließung 1996 den Plan vereitelt. Vorher hatte er schon ein wenig Kontakt zur heimischen Unterwelt gepflegt. Doch ab `97 war es schlagartig bergab gegangen. Ein wenig Dealen hier, ein paar Brüche dort, mal Schmuggel im Auftrag seiner Geldgeber. Er hatte eine ziemlich erbärmliche Karriere hingelegt – und sich dabei auch noch wie eine ganz große Nummer gefühlt. Klar, er war Anfang 30 gewesen, als sie ihn mit einer Abfindung auf die Straße gesetzt hatten. Und bereit zu allem. Schnell hatte er seinen Spitznamen weg: Joker. *Wenn einer bekloppt genug ist, das zu machen, dann der Joker,* hatten die schweren Jungs in den einschlägigen Kneipen gesagt und er hatte es auch noch als Kompliment empfunden. Bis er zum ersten Mal eingefahren war. Nicht in den Stollen, aber in die JVA. 14 Monate wegen Einbruchs. Als er rauskam, war seine Frau mit den Kindern und dem letzten Ersparten über alle Berge. *Egal, irgendwas geht immer,* hatte er sich gesagt und seine Bemühungen, ein passabler Kleinkrimineller zu werden, noch intensiviert. Askim und seine halbseidene Truppe hatte er schon früher kennen gelernt. Und weil sie ihm vertrauten – so dachte er zumindest – waren sie die idealen Opfer, um ausgenommen zu werden. Das war wohl nichts. Und jetzt würden sie ihn oben fertigmachen. Hoffentlich würde es schnell gehen. Aber Askim war abartig genug, um seinen Spaß zu haben, wenn es ein wenig länger dauern würde. Und Bingo und Bongo waren brutal und bekloppt genug, um ihrem Chef sicherlich eine gute Show zu bieten.

Der Schlag riss den Joker aus seinen düsteren Betrachtungen. Er traf ihn an derselben Stelle, wo auch schon seine Vorgänger eingeschlagen waren. Der Schmerz wurde dadurch nicht weniger. Askim spazierte im feinen Zwirn vorneweg mit Hassan, als hätten sie mit denen, die ihnen da folgten, nichts zu tun. Sie unterhielten sich entspannt, als seien sie auf einem Sonntagsspaziergang, wobei sie ihn und das, was sie ihm oben anzutun gedachten, völlig ignorierten. Wie hatte Askim gesagt? „Du hast mich enttäuscht, weißtu. Du bist kein Freund mehr, weißtu? Du bist nicht einmal mehr ein Mensch. Du bist schon jetzt nur noch totes Fleisch, weißtu? Keiner bescheißt Askim, keiner!" Zugegeben, sein Plan war von Anfang an nicht der sicherste. Aber vielleicht hatte ihn genau das gereizt. Und er hatte überreizt.

„Ey, trab voran, du Opfer. Musst ja nicht mehr viel gehen in dein´ Leben", hörte er Bingo von hinten (oder war es Bongo?). Dann der schon erwartete Schlag gegen seinen Hinterkopf. Er stürzte nach vorne auf die Treppenstufen und konnte sich gerade noch mit den Händen abfangen.

„Ey, pass auf, Arschloch!", knurrte Askim, der ihn nun doch bemerkte. „Wenn du meine Hose vollblutest, dauert es gleich nur noch länger, klar?!" Damit war die Hoffnung auf ein schnelles Ableben schon gestorben. Askim war ein eitler Geselle, dessen Kleidung Geld statt Stil zeigte. Seine drei Kumpane versuchten, ihm in modischen Dingen in Nichts nachzustehen. Deshalb sahen sie auch aus wie Bilderbuch-Gangster aus dem Musikvideo. Doch unter ihren geckenhaften Jacken hatten sie geladene Waffen. Er hatte nur einen von oben bis unten schmerzenden Körper und die Gewissheit, bis zum Hals in der Scheiße zu stecken. Joker rappelte sich auf und wurde sofort weitergeschubst. Hassan pfiff eine türkische Melodie und schaute sich anerkennend nickend um. „Die Hückelhovener Alpen sind das, verstehst du?", sagte er zu seinem Boss, der den Gag mit einem gegrunzten Lachen kommentierte. Am liebsten hätte der Joker auch etwas dazu gesagt. Warum nicht? Verscheißen konnte er es sich mit denen sowieso nicht mehr. Aber er verkniff es sich und wartete auf den nächsten Schlag von hinten. Sie hatten das zweite Teilstück der Treppe gerade passiert und standen kurz nach Luft schnappend auf dem schmalen Landabsatz, bevor es weiterging. Dem Ende entgegen. *Aber Irgendwas geht immer*, hämmerte er sich ein und schaute sich vorsichtig nach allen Seiten um. Wartete er auf ein Wunder? *Irgendwas geht immer. Irgendwas geht immer.* Er zwang sich, sein Mantra herunterzubeten. Immer wieder. Glaubte er noch daran?

Schlag, Tritt, Wanken, Treppe steigen.

Sein Ende hatte er sich ganz anders vorgestellt. Im Kreise seiner Familie, die um ihn trauern würde. Da oben auf der Halde würde es Tage, wenn nicht Wochen dauern, bis ihn jemand aus Zufall fand. Einer der beiden Gorillas riss ihn erneut aus seinen Gedanken.

„Ey, Scheiße ey, guck dir die Scheiße an, ey!" Seine vier Begleiter blieben stehen und auch er drehte sich automatisch um. Bongo stand da und schaute fassungslos an seinem rechten Bein herunter. Im Mondlicht konnte man dunkle Flecken auf der Hose erkennen. „Ist das Hundescheiße oder hat der mich vollgekotzt?" Die drei wollten es mit eigenen Augen sehen. Hassan machte einen Schritt an Joker vorbei und drückte ihn wie einen lästigen Passanten im Schlussverkauf zur Seite. „Zeig mal."

„Ey, du bist mir ein Gangster", begann Askim und folgte Hassan. „Ist das nicht scheißegal, was da an deiner Hose klebt? Wir wollen den da umlegen, klar?!"

„Der da" war auf einmal hellwach. Jetzt oder nie. Er nahm alle Kraft zusammen und spurtete los. Die Treppe hoch. „Ey, pass auf", „Ey, bleib stehen!" „Schieß doch, du Idiot!", hörte er sie hinter sich. Dann setzte er zum Hechtsprung über das

Treppengeländer an. Hinter sich hörte er Getrappel und türkische Wortfetzen. Gleichzeitig schlug sein Becken gegen das Metallgeländer. Er landete hart auf dem steinigen Boden, rappelte sich wieder auf und hechtete ins Gebüsch. Er sah Sterne. PLOPP, PLOPP machte es hinter ihm. Sie schossen. Das war Askims Luger mit Schalldämpfer. Er stürzte durch die dornigen Büsche und stolperte vorwärts. Dann ein lautes Krachen. Bongos Magnum! Neben ihm knickten Äste ab und Blätter standen für Sekunden in der Luft. Treffer. Dann ein stechender Schmerz am linken Ohr. Keine Zeit für Schmerzen, weiterlaufen. Er fühlte nach dem Ohr, fand es aber nicht mehr. Weiterlaufen. Wieder Ploppen und Krachen, sie feuerten weiter. *Irgendwas geht immer!* Jetzt muss dir was einfallen, dachte er. Dann stolperte er. Ein Reifen, mitten im Gebüsch! Er nahm ihn und schleuderte ihn verzweifelt in die Büsche den Hang herunter. Krachende und rutschende Geräusche, die nach unten flossen.

Die Aktion hatte Erfolg. „Der Sack will wieder runter, los!", schrie Askim und seine beiden Gorillas trabten los, dem Krach des fallenden Reifens nach, während der Joker weiter nach oben lief. *Irgendwas geht immer!* Mit einem Blick über die Schulter erkannte er, dass sich auch Hassan in Bewegung gesetzt hatte. Seine Chance. Jetzt bloß kühlen Kopf bewahren. Gebückt kroch er den steilen Hang hinauf bis zu einer etwas flacheren Stelle. Gleich bist du oben, dann hast du es geschafft, dann ….

… traf ihn ein Schlag auf die bereits schmerzende Nase. Er sah noch mehr Sterne fühlte nichts. Fiel. „Du bist mir ja `ne Marke", hörte er Askim. Er war nicht auf den Trick reingefallen und weiter nach oben gelaufen. Scheiße! „Mann, die Leute haben Recht, mit dem, was die sagen", begann Askim und seine Stimme klang beinahe freundlich. Er schaute mit gesenktem Kopf vor sich und kam langsam den Hang herunter. „Weißt du, was die sagen? Die sagen: Der Joker ist total plemplem. Das sagen die. Du bist so ein Psycho, einer mit Flatterblick und vor Angst immer ganz eng am Körper klebenden Eiern, so einer bist d- .." Askims Augen weiteten sich. Ungläubig schaute er zu Joker herunter, der das Ende einer Eisenstange in der Hand hielt. Das andere steckte in Askims Bauch. „Boah, Alter, du bist ja komplett bescheuert…", murmelte Askim ungläubig. Auch der Joker konnte nicht fassen, was er da getan hatte. Askims Waffe fiel auf den Boden. Der Boss raffte sich auf, drückte den Rücken durch.

„Bruder, hilf mir! Ich hab das Schwein!"

Dann grinste er den Joker wieder dumpf an. „Mann, bist du – eine – Pf-Pf – Oh Scheiße", murmelte er und sackte nach vorne. Joker fing ihn notgedrungen ab. Von unten hörte er Füße die Treppe hocheilen.

„Bruder, ich komme!" Hassan war zu allem bereit und leider viel zu nah. Schon sprang er über das Geländer und tauchte in das Gebüsch ein. Er hielt direkt auf Joker und den sterbenden Askim zu und zog die Pistole. „Wo ist die Sau?"

Joker presste sich Askim mit dem Rücken vor den Bauch, sodass er für Hassan in der Dunkelheit nicht zu sehen war. Wenn schon schießen, dann nicht auf ihn.

„Alter, was ist los?", fragte Hassan, als er vor ihnen auftauchte. Askim versuchte noch etwas zu sagen, aber aus seinem Mund kam nur noch Blubbern. Hassan sah ihn ungläubig an. „Warte, ich helfe dir." Er griff nach der Stange, als der Joker schoss. Der Knall riss ihm die Waffe aus der Hand und Hassan um. Er stieß Askim von sich weg und starrte die beiden an, die nun reglos vor ihm lagen. Bingo und Bongo waren schon unten angekommen, als sie den Schuss hörten. „Ey, wasn da los?", rief einer und „Komm!", der andere. Dann eine dritte Stimme: „Stehenbleiben, Polizei! Waffen fallen lassen und Hände hoch!" Bullen! Wo kamen die denn jetzt her? Der Joker kratzte sich irritiert am Kopf. Dann machte er einen Schritt nach vorne und ging in die Hocke. Mit wenigen Handgriffen hatte er Askim und Hassan um ihre Armbanduhren sowie drei Ringe erleichtert. Dann griff er in Askims Jacke. Tatsächlich fand er einen Umschlag. Gut gepolstert. Geld. Aber nur ein paar Scheine, der Rest war Zeitungspapier. Ein paar lausige Hunderter. Die Schweine wollten mich bescheißen. Er musste grinsen und stopfte das Geld in seine Hosentasche. Von unten klangen die Geräusche einer gewaltsamen Festnahme nach oben. Das sind nicht nur zwei Streifenbullen, dachte er. Da ist eine ganze Truppe am Start. Da hat uns einer verpfiffen – zum Glück. Nichts wie weg. Er stolperte den Hang hinauf, bis er neben der Aussichtsplattform aus dem Gebüsch kam. Erschöpft hielt er inne und rang nach Luft. Jetzt in Richtung Millich und verstecken, bis sich da unten die Hektik gelegt hat. *Irgendwas geht immer!*

*

Er drückte sich in den Sitz und schaute auf die Landschaft, die an der Autobahn vorüberzog. Der Reisebus hatte vor vier Stunden Düsseldorf verlassen. Bald würden sie die Grenze passieren. Das Ohr mit seinem verkrusteten Notverband brannte höllisch. *Nicht, dass mir der Lauscher abfault,* dachte er und roch prüfend an den Fingern, mit denen er es eben noch unter Schmerzen betastet hatte. Um ihn herum saßen Reisende, die wie er nicht genug Geld oder andere Gründe hatten, sich an keinem Flughafen blicken zu lassen. In zwanzig Stunden würde er in Belgrad sein, von dort aus würde es über Athen und Ankara weitergehen. Spätestens in zwei Wochen wäre er seiner Schätzung nach in Katmandu. Dort würde er weitersehen. *Irgendwas geht immer.* Er war helle im Kopf und hatte anscheinend gerade eine Glückssträhne. Klar, das mit dem halbabgeschossenen Ohr sah scheiße aus, also würde er sich die Haare länger wachsen lassen. Es würde schon weitergehen. Das Ding mit dem Babypuder konnte er auch anderswo durchziehen, am besten mit Touristen. Die sind nicht so gefährlich. Ein Zurück gab es nicht mehr. Hückelhoven und seine Vergangenheit lagen für immer hinter ihm. Er war dem Teufel noch einmal von der Schippe gesprungen. Der Joker war wieder im Spiel.

Ende

Nachricht von Kevin

Vor ihm auf dem Tisch dampfte ein Teller Erbsensuppe. Immer, wenn er seine Eltern besuchen kam, stand Erbsensuppe auf dem Tisch. Das lag daran, dass er meistens samstags Zeit fand, nach Uevekoven zu kommen. Und samstags gab es immer Erbsensuppe, das war Hausregel Nummer ein – damit Mama bei aller Putzerei nicht auch noch Stunden am Herd zubringen musste. Denn – Hausregel zwei – samstags wurde geputzt. Alles, von oben bis unten und auch die Ecken, in die man sich nur zum Putzen verlief. Er kam nur dann, wenn sein Job als Sales Consultant bei BBDO es zuließ. Er war ziemlich stolz auf sich. Er sah gut aus und hatte es nach dem BWL-Studium schnell die Karriereleiter hinausgeschafft in der Werbebranche, die in Düsseldorf immer noch tonangebend war. Alle zwei Monate höchstens schaffte er es noch, sich aufzuraffen und seine Eltern in seinem Heimatort zu besuchen. Dann setzte er sich in seinen Roadster und jagte die A 46 von Düsseldorf aus runter in den Kreis Heinsberg, fuhr in Erkelenz-Ost ab, gönnte sich den Schlenker durch die Stadt, bevor er sie in Richtung Wegberg verließ. Obwohl es von Erkelenz aus nur knapp sechs Kilometer waren, zog sich die Strecke wie Kaugummi. Wenn er vor dem alten Bauernhof hielt, in dem seine Eltern seit bald einem halben Jahrhundert wohnten, kam er sich vor, als sei die Zeit stehen geblieben und er wieder der Junge auf der alten Vespa, dem Mountainbike oder dem Rennrad, das er mit acht Jahren zu Weihnachten bekommen hatte. Die Zeit verstrich hier langsamer, weil nichts passierte. Es gab die Sportfreunde Uevekoven, die es schon gab, seit er denken konnte. Es gab den alten Bäckerladen an der Durchgangsstraße, in dem jetzt aber ein Zauberer seinen Geschäftssitz hatte. Es gab das alte Klinkerwerk, das seit Jahren leer stand und angeblich einen neuen Käufer gefunden hatte, der dort einen Wohnpark für betuchte Holländer bauen wollte – wie gesagt: angeblich. Denn seit das im Wegberger Stadtrat verkündet und der Bebauungsplan entsprechend geändert worden war, war nichts mehr passiert.

Verdammtes Klinkerwerk. Er hatte das Gelände seit rund zwanzig Jahren nicht mehr betreten. Aus gutem Grund, wie nur er wusste. Nun hatte man ihn gefunden. Vielmehr seine Reste. Der kleine Kevin war wieder da, konnte endlich beerdigt und in Ruhe vergessen werden. Nach zwanzig Jahren.

„Nun ess´, Junge, sonst wird die Suppe kalt. Und dann brauche ich mich erst gar nicht mehr an den Herd zu stellen", ermahnte ihn seine Mutter, die wie immer scheinbar planlos durch die Küche wuselte und einen umfassenden Bericht ablieferte, was seit seinem letzten Besuch vor fast drei Monaten passiert war. Es hatte ihnen nicht gefehlt. Sie waren sich fremd geworden im Laufe der Jahre und die Besuche hatten heute eher rituellen Charakter. Vater war an den Wochenende nur noch auf dem Sportplatz anzutreffen, wo er mit anderen ehemaligen Aktiven der Sportfreunde den neuen Kunstrasenplatz hegte und pflegte, was Mutter absolut gegen den Strich ging. Gerade eben noch hatte sie ausführlich darüber gesprochen, wie sie sich ihren gemeinsamen Lebensabend ohne diesen verdammten Kunstrasen vorgestellt hatte. Nun floss sie wieder anscheinend ziellos durch die Küche und hielt Ausschau nach einem neuen Objekt, über das sie reden könnte. Dann hatte sie es gefunden und nahm den Lokalteil der Heinsberger Zeitung von der Anrichte. Sie schaute auf den Titel, schüttelte Fassungslosigkeit vortäuschend den Kopf und begann.

„Ja, jetzt haben sie ihn ja endlich, den kleinen Spatz." Der Satz stand im Raum und dem Sohn am Tisch versetzte er einen Galleausstoß, dass ihm übel wurde. Natürlich hatte er davon gehört. Es war ja auf allen Sendern gekommen. Bei Aufräumarbeiten im alten Werk hatte man die Knochenreste des Jungen gefunden, in einem alten Brennofen, dessen Eisentür zuerst hinter einer wildwuchernden Hecke versteckt war. Die Nachricht hatte ihn erreicht. Und deshalb war er letztendlich auch gekommen. Wegen Kevin. Dem Arschloch. Dem nervenden kleinen Ekelpaket, das sich in seinem Zuhause breit gemacht und ihm die Aufmerksamkeit seiner Mutter gestohlen hatte.

Seine Mutter präsentierte eine Inszenierung zwischen Mitleid, Kummer und Selbstbezichtigungen. Ja, hätte sie doch damals Zeit gehabt, um auf den kleinen Racker aufzupassen. Und hätte sie sich doch an der Suche beteiligt, sie hätte ihn sicher gefunden, so sehr war er ihr ans Herz gewachsen. Fast wie einer Mutter. Bei den letzten Worten schaute er auf und schluckte die Galle wieder runter. „Das stimmt, Mama, fast wie eine Mutter."

Sie hatte seinen Einwurf nicht bemerkt und schwadronierte weiter. Der Kleine war ja fast bei ihnen auf dem Hof aufgewachsen, seit die Mutter wieder arbeiten gehen musste. Ja, es war schlimm, dass der Vater damals so früh gestorben ist. Die arme Frau, musste sie den kleinen Kevin doch alleine aufziehen, da hilft man doch gerne. Aber er hat es ihr ja auch leicht gemacht, so ein netter Junge, so ein ungewöhnlich nettes und höfliches Kind. „Stimmt, Mama. Das hast du damals auch immer gesagt." Er hätte sich den Besuch sparen sollen, dachte er und rührte in der Erbsensuppe. Aber es hatte ihn nach Hause gezogen, jetzt, wo Kevin wieder da war. Als ob er sein Revier erneut verteidigen müsste. Und nun zog es ihn wieder fort, aber er konnte nicht aufstehen. Etwas hielt ihn in dieser Situation, die ihn quälte. Wieder ergoss sie sich in den

Lobpreisungen dieser kleinen, miesen Ratte, die er heute noch genauso hasste wie vor zwanzig Jahren.

Seine Mutter bemühte sich, das Leid und die Verzweiflung des Kindes in schillernden Farben zu malen. Sie bot ein Potpourri aus allem, was sie in den Zeitungen, im Fernsehen und durch die Nachbarn erfahren hatte. Obwohl es bei dem Haufen vergammelter Knochen keine Anhaltspunkte gegeben hatte, war allen sofort klar gewesen, um wen es sich nur handeln konnte. Eine DNA-Analyse hatte die Vermutung dann eindeutig bestätigt. Dafür hatten sie bei ihr extra das alte T-Shirt des Kleinen abgeholt, das sie seit seinem Verschwinden wie einen Fetisch aufbewahrt hatte. Verwandte hatte er ja keine mehr, der kleine Kevin. Seine Mutter hatte sich vor Kummer dem Alkohol ergeben und war wenige Jahre später in Süchteln ziemlich jämmerlich gestorben.

„Die arme Frau, so vom Schicksal gebeutelt zu werden", murmelte die Mutter und hielt kurz inne. Dann fuhr sie fort.

„Mit dem Blut seiner aufgewetzten Finger hat er wohl versucht, etwas an die Wand des Brennofens zu schreiben, stand hier in dem Artikel", verkündete sie ehrfurchtsvoll.

„Ach", knurrte er und stierte weiter auf seine Suppe. „Was stand da?"

„Er hat es wohl nicht fertig bekommen mit seinen kleinen blutigen Fingern", begann Mutter und betupfte mit dem Geschirrtuch ihre Augen. „Er wollte wohl seiner Mutter schreiben, aber in der Dunkelheit und so geschwächt ist er nicht weiter gekommen als MA…"

„MA, soso", murmelte er.

„Stell dir vor, Marcel, der arme Junge. So alleine in dem alten Brennofen, sicher hatte er Angst und hat nach seiner Mutter gerufen, bis er gestorben ist." Sie war nun restlos ergriffen und schüttete einen Schluck lauwarmen Kaffee runter wie einen Schnaps.

„Ja, wird er wohl", murmelte er. „Schlimme Sache."

„Warst du damals mit Papa und Onkel Kurt nicht bei der Suche dabei? Ihr wart doch sogar auf dem Gelände?" Sie weitere die Augen. „Stell dir vor, vielleicht hat er da noch gelebt und hat euch gehört, hat gerufen und … und … oh Gott!" Wieder weinte sie. Er stierte weiter auf seine Suppe. Ja, er hatte geschrien. Lange. Aber Vater und Onkel Kurt waren am anderen Ende des Gebäudekomplexes gewesen und hatten mit einem Feuerwehrmann gesprochen. Natürlich hatte er ihn rufen und klopfen gehört, den kleinen Kevin. Ganz leise, aber er hatte es gehört. Die Eisentür war ja auch sehr dick. Und wenn nicht, hätte er auch gewusst, wo er ihn suchen musste. Schließlich hatte er den kleinen Quälgeist in dem Brennofen eingeschlossen. Er hatte ihn vor dem Haus seiner Mutter abgefangen, ihn durch die Gärten und hinter den Häusern entlang zum alten Klinkerwerk gelockt und ihn dann im Brennofen eingesperrt. Kevin hatte geglaubt, es sei ein Spiel und war bereitwillig in das dunkle Loch gekrochen. Gut zwei Wochen lang wurde nach Kevin gesucht, dann wurde die Sonderkommission aufgelöst und nach einer Weile erstarb das Interesse an seinem Schicksal und Verbleib.

„Ja, nun reiß dich mal zusammen", sagte er leicht genervt. „Die Sache ist schon zwanzig Jahre her, wenn nicht länger. Das ist doch kalter Kaffee."

„Wie kannst du so reden?", fauchte seine Mutter ihn böse an und verengte die Augen. „Man könnte fast glauben, du freust dich, dass er tot ist. Schäm dich. Ich habe mir immer gewünscht, du wärst nur ein bisschen wie er gewesen."

„Ach Mama, nun hör doch auf." Langsam bereute er seinen Entschluss, sie zu besuchen. Sie fuhr fort.

„Du warst damals schon eifersüchtig auf Kevin. Meinst du, ich hätte das nicht mitbekommen? Wie du ihn gepiesackt hast bei jeder Gelegenheit. Ich habe mich für dich geschämt. Aber der arme Junge hatte doch sonst keinen. Ich habe gehofft, du würdest ihm ein großer Bruder sein, aber du warst nur eifersüchtig, gib es doch zu!"

Er war aufgestanden und hatte ein Brotmesser von der Spüle genommen und schaute es an, als er zu sprechen begann.

„Jaja, ist ja gut – und es ist lange her. Aber sag mir eines", begann er mit böse funkelnden Augen. Er konnte es nicht stoppen, es musste endlich raus. „Warum hat das kleine Miststück nicht nach dir gerufen, wenn du ihm doch fast wie eine Mutter warst? Ich erinnere mich genau, ich habe deinen Namen nicht ein einziges Mal gehört, in all den Stunden, die ich gewartet habe! Er hat gebettelt und gefleht, er hat meinen Namen gerufen und den seiner Mutter. Aber deinen nicht!"

Mit weit aufgerissenen Augen starrte sie ihn an. Sie hatte gerade ausholen und ihm triumphierend erzählen wollen, dass sie die Beisetzung des Jungen bezahlen wollte, als eine böse kleine Botschaft ins Tal ihrer kreisenden Gedanken eindrang.

„Du hast….."

„Ja."

„Du hast doch nicht etwa…."

„Doch, hab ich." Seine Stimme klang kalt, er fühlte sich auf einmal frei. Frei von Schuld.

„Du mieses kleines …", begann sie und ihre Augen drückten Ekel und Abscheu aus. Dann Erstaunen, als das Brotmesser von vorne in ihren Brustkorb eindrang und das Herz durchbohrte. Sie schaute an sich herunter, sah das Blut wie aus einer Quelle hervortreten und über ihren geblümten Kittel fluten. Sie hob langsam den Kopf und schaute ihren Sohn an. Ihr Mund wollte Worte formen, doch er blieb stumm. Marcel betrachtete das Schauspiel des Sterbens seiner Mutter teilnahmslos und wandte sich erst ab, als sie in sich zusammensackte und sich ihr lebloser Körper auf den Fliesen in einer riesigen Blutlache breit machte.

„Jetzt bist du bei deinem Kevin, grüß ihn von mir", murmelte er und setzte sich an den Küchentisch. Die Suppe war kalt geworden. Er würde sie gleich in die Mikrowelle stellen, sobald er die Sauerei beseitigt hatte. Schließlich hatte sie kurz vorher alles geputzt, und das soll ja nicht umsonst gewesen sein. Er hätte noch Zeit, bis jemand kommen und sie hier finden würde.

Ende

Der Besenstiel

Sören Kessler war zufrieden. Er trat hinaus in den parkähnlichen Garten und zog die Terrassentür des modernen Landhauses leise hinter sich zu, bevor er einen letzten Blick zurück warf. Die acht Leute saßen im geräumigen und modernen Wohnzimmer. Die Löwen. Sie hatten sich von ihm abgewendet und starrten gebannt auf die Tür, durch die ihr Gastgeber vor einigen Minuten verschwunden war. Wenn Hartmut Jütten zurückkam, würden sie sich auf ihn stürzen und zerfleischen. Denn er war die Antilope. Die Hypnose würde so lange anhalten, bis sie sich alle gehörig den Wanst vollgeschlagen hatten. So hatte er es bestimmt. Das würde ein bitteres Erwachen werden, dachte er und schob sein Mountainbike durch die Gartenpforte. Das wäre dann das Ende des *Aufbruchs für Waldfeucht*. Jütten hatte die Liste gegründet, die seinem Olaf das Leben schwer machen wollte. Olaf Jentges war amtierender Bürgermeister und würde das auch bleiben. Dafür hatte er mit der kleinen Hypnosenummer gesorgt. Für seinen Olaf hätte er noch ganz andere Sachen getan. Kessler stieg aufs Rad und fuhr los. Ein letztes Mal schaute er sich um und sah kurz Jüttens Gesicht an der Terrassentür auftauchen. Sein Hals blutete und grenzenlose Panik stand ihm ins Gesicht geschrieben. Dann wurde er ruckartig nach hinten gerissen, raus aus Kesslers Blickfeld. Das war´s, dachte er und trat in die Pedale. Dieser Jütten würde Olaf und ihm nicht im Wege stehen. Nicht ihrer großen Liebe, die so lange nach ihrer gemeinsamen Schulzeit endlich ihre Erfüllung gefunden hatte. Olaf Jentges war sein Traummann gewesen, damals am Gymnasium. Bis zum Abitur war er in ihn verliebt gewesen. Heimlich, das ist klar. Nach dem Abitur waren sie unterschiedliche Wege gegangen. Olaf hatte Betriebswirtschaft studiert und war in die Firma seines Vaters eingestiegen. Sören hatte den kreativen Weg gewählt, hatte eine Artistenschule besucht und sich schließlich als Hypnotiseur einen Namen gemacht. Und zwar den Namen Sören Kessler, den er sich als Künstlernamen zugelegt hatte. Wer würde sich schon von Matthias Mevissen hypnotisieren lassen? Er war schnell aufgestiegen, auch weil er jung war und gut aussah. Und er war gut. Niemand konnte ihm das Wasser reichen in Sachen Hypnose. Er war der Beste! Sicher, was er auf den Bühnen der Varietés und Theater gezeigt hatte, war im Vergleich zu dem hier nichts. Zu so etwas war man nur in der Lage, wenn man es aus Liebe tat. Und ja, seine Liebe zu Olaf hatte nie geendet. Umso erstaunter war er gewesen, als Olaf auf einmal bei einem Gastspiel in Basel vor ihm stand. Sie hatten sich jahrelang nicht mehr gesehen und als Olaf ihm beim Spaziergang am Rhein erzählte, dass er jetzt Bürgermeister in Waldfeucht war, hatte er nicht schlecht gestaunt. Noch mehr gestaunt hatte er, als Olaf ihm seine Liebe gestanden hatte. Dann hatten sie sich monatelang an den Wochenenden getroffen, wenn es ging. Schließlich hatten sie beschlossen, dass Olaf seine Hilfe in Waldfeucht brauchte, wenn er noch einmal Bürgermeister werden wollte. Und das musste er, wenn ihr Plan gelingen sollte.

Sie würden nur noch ein, zwei weitere Jahre benötigen, um genug Geld aus dem Stadtsäckel umzuleiten für ihr neues gemeinsames Leben. Endlich würde Olaf als Jäger und Wildhüter in Afrika arbeiten, wie er es sich schon immer erträumt hatte. Wenn erst einmal die Bürde des Amtes weggefallen war, war er auch kein Besenstiel mit CDU-Schild auf der Brust. Dann war er frei und gemeinsam konnten sie in eine neue Zukunft starten. Die letzten

Sonnenstrahlen tauchten die Straße in ein warmes Licht und er fühlte sich wunderbar.

Der Plan war zu gut und konnte nur funktionieren. Niemand wusste, dass er Sören Kessler war, der weltbekannte Hypnotiseur. Und niemand wusste, dass die beiden ein Paar waren. Olaf hatte zur Tarnung sogar noch vor einigen Monaten geheiratet. „Wegen der Wahl", hatte er Sören erklärt. Und seit Jütten auf dem Plan erschienen war, stand die Wiederwahl Olafs längst noch nicht fest. Dass es jetzt doch klappen würde, dafür hatte Sören gesorgt. Er hatte sich unter neuem Namen bei der Wahlliste eingeschlichen und seine Mitarbeit angeboten. Er sei neu nach Waldfeucht gekommen und wolle sich gleich für die Gemeinschaft und eine bessere Politik einbringen, hatte er gesagt. Das hatte Jütten gefallen. „Solche Leute wie Sie braucht Waldfeucht", hatte er gesagt und ihm gönnerhaft auf die Schulter geklopft. „Willkommen an Bord." Dann hatte er ihm den alten Witz erzählt, dass sie CDU in Waldfeucht sogar einen Besenstiel aufstellen könnte. „So lange vorne CDU dransteht, wird der auch gewählt", hatte Jütten betont und dann über seinen eigenen Witz losgeprustet vor Lachen. „Besenstiel" – sein Olaf! Schon allein dafür hatte dieser Fettsack mit dem selbstgefälligen Benehmen seine Lektion verdient. Wie Olafs Vater, der denselben blöden Witz gemacht hatte, damals, als Olaf gegen seinen Willen in die Politik nachrücken musste. „Auch wenn du nichts kannst, macht das nichts", hatte er Olaf erklärt. „Die wählen hier jeden Besenstiel …" Und Olaf hatte mit ihm im Chor den Satz beendet: „… Hauptsache vorne steht CDU drauf." Sören wurde wieder wütend, wenn er sich die Szene vorstellte, die Olaf ihm erzählt hatte. Da war es nur gerecht gewesen, dass er den Alten so programmiert hatte, dass er ohne Grund auf der A 46 gegen einen Brückenpfeiler gerauscht war. Vor drei Monaten war das. Aber selbst Mitleid konnte Olaf nicht von den undankbaren Waldfeuchtern erwarten. Es war besser, wenn sie bald zusammen auf Nimmerwiedersehen verschwinden würden.

Er schaute auf seine Armbanduhr. Jetzt müsste die Antilope aber ihr Lebenslicht ausgehaucht haben und war wohl schon zum Teil in den hungrigen Mägen der ehemaligen Mitstreiter verschwunden. Problem gelöst.

Olaf hatte große Augen gemacht, als er ihm von seinem verwegenen Plan erzählt hatte. „So was kannst du?", hatte er ungläubig gefragt. „Das und noch vieles mehr", hatte er geantwortet und war mit dem Kopf unter der Bettdecke verschwunden. Er wusste, wie er sich der Aufmerksamkeit des kleinen Besenstiels gewiss sein konnte. Er erinnerte sich an die Fotos auf dem Nachtschrank, die Olaf als Großwildjäger in Afrika zeigten. Dazu war er geboren, nicht zum Bürgermeister von Waldfeucht.

Es war ganz einfach gewesen. Eben noch hatte man Jüttens Ausführungen gelauscht und dann sollte der Neue zum lustigen Teil des Abends beitragen. Er hatte ein Ratespiel vorgeschlagen und natürlich Jütten als Kandidat vorgeschlagen. Es hatte ausgesprochen gut geklappt. Jütten hatte er hinausgeschickt, damit der später „etwas herausfinden" sollte. Dann hatte er das Rudel gebeten, sich zu konzentrieren und ihnen das volle Programm gegeben. Als er sie zurückließ, lauerten sie in ihrer Savanne und warteten auf die Antilope.

Die Polizei würde sich aus der Sache keinen Reim machen können. Vielleicht würde man Satanismus oder Drogen ins Spiel bringen – wie auch immer, Olafs Problem war angesichts des Medienrummels, den das lostreten würde, ein für alle Mal gelöst. Wen kümmert der Haushalt, wenn eine politische Gruppierung ihren Anführer auffrisst – bei lebendigem Leibe! Das war einfach perfekt. Niemand wusste, dass er und Olaf sich kennen – und lieben! Niemand würde ihnen auf die Schliche kommen, Olaf und ihm. Er allein konnte es noch ausplaudern, was er nie tun würde. Er allein wäre eine Gefahr für Olaf, wenn er ihn nicht lieben würde. Er hielt an der verabredeten Stelle an, gleich vor dem großen Plakat, von dem herab sein Geliebter ihn anlächelte. „Olaf für Waldfeucht". Er schaute das Plakat verliebt an, wobei ihn weder der vereinfacht dargestellte erigierte Penis auf Olafs Stirn noch die entstellenden Zahnlücken störten, die mit Edding nachträglich angebracht worden waren. Von wegen „Besenstiel". In Olaf hatten sie sich alle getäuscht. Und er wusste das. Als einziger.

Dann machte es „Plopp" und ein Projektil zerfetzte seine linke Schläfe.

Ende

Mein ist die Rache

Rücksichtslos schob sich der bullige Mittvierziger durch die Menge. Beim Karlsfest quollen die Straßen in Palenberg auch nachts wieder vor Besuchern über. Seine Jagdsaison war eröffnet. Im Gedränge auf der Kirchstraße pflügte er voran und würde sicher bald jemanden finden, den er gnadenlos fertig machen könnte. Danach war ihm heute, an seinem Geburtstag. Es war Jupp Miesbachs Hobby, war seine Bestimmung und alles, worum es ihm ging: Leute fertig machen und sich an ihrer Angst laben, bevor er sie aufmischte. Die Vorstrafen, die er sich dafür schon eingehandelt hatte, betrachtete er als Auszeichnungen. Wenn man sonst schon nichts aufzuweisen hat, dann wenigstens das. Ah, in der Menge sah er zwei Jungs, wohl Holländer – denen kann man immer eins mitgeben, den Käsköppen. Sie kamen direkt auf ihn zu, lachend und ausgelassen, Holländer eben. Die sollten es sein. Er nahm Kurs auf sie und spielte sein altes Spiel. Anrempeln, empört sein, die Entschuldigungen falsch verstehen, hochschaukeln und dann zuschlagen. Etwas nachlassen, Hoffnung aufkommen und es dann erst so richtig krachen lassen. Die beiden hatten keine Chance. Von den Passanten half keiner – wie immer. Man machte einen Bogen um die Szene und wollte nicht reingezogen werden. Den ersten Holländer streckte er mit einem gezielten Faustschlag nieder, der zweite wollte sich sogar noch wehren, umso besser. Dann lagen beide am Boden. Miesbach gönnte ihnen noch ein paar gezielte Tritte in die Rippen, bevor er endlich von ihnen abließ. Er schaute sich auffordernd um. Sollte doch jemand eingreifen, wenn er den Mut dazu hatte. Aber er kannte diese Spießer, von denen würde keiner für einen anderen eintreten, wenn er sich dabei selbst in Gefahr bringen könnte. Aus sicherer Entfernung erntete er ein paar empörte Blicke, aber die waren ihm egal. Sollten sie doch die Bullen schicken. Seine letzte Bewährung war frisch abgelaufen, und so konnte er auftrumpfen, bis er wieder vor dem Kadi landen würde. Er setzte seinen Weg zur Karlskapelle fort, wo angeblich eine Überraschung auf ihn wartete. So stand es zumindest auf dem Zettel, der morgens an seiner Haustür geklebt hatte. Kurz nach Mitternacht, er lag gut in der Zeit. Als er um die Ecke bog und sich von Licht und Menschen entfernte, hörte er die Stimme: „He, Jupp!" Er drehte sich um und kniff die Augen zusammen. Dann sah er die Gestalt, die sich langsam aus dem Schatten löste und auf ihn zukam. „Ach, schau an. Was willst du Pfeife denn von mir?", stieß er höhnisch aus. Dann riss er die Augen auf, das blitzende Schwert war das Letzte, was Jupp Miesbach in seinem Leben sehen würde.

*

„Na, endlich hat´s Miesbach erwischt", sagte Breitscheidt, wendete den Blick von dem Toten ab und grinste seinen älteren Kollegen breit an. „Der war wirklich wie ein Geschwür am Arsch. Für den Anblick stehe ich sogar in aller Herrgottsfrühe auf, oder?"

„Stimmt. Trotzdem würde ich gerne wissen, wem wir das hier zu verdanken haben, dass er so fachmännisch ausgeweidet wurde", murmelte Hauptkommissar Bernd Meier und schaute seinen Kollegen nachdenklich an. „Ich seh´ schon wieder die Schlagzeilen vom ..."

„Racheengel von Übach!", vollendete Staatsanwalt Schäfer die Unterhaltung der beiden Ermittler und drängelte sich von hinten zwischen sie. Er sah die Reste Miesbachs, würgte kurz und drehte sich dann um. Der ehemalige Schrecken des Grenzlandes gab kein schönes Bild ab, wie er da ausgestreckt in einer riesigen Blutlache und einigen Innereien vor ihnen lag. Doch Schäfer fand seine Fassung schnell wieder. „Was glauben Sie eigentlich, wie sich die Presse auf diese Sauerei draufstürzen wird? Und womit? Mit Recht! Weil Sie nicht in der Lage sind, diesem selbsternannten Rächer Einhalt zu gebieten! Wissen Sie, was an den Stammtischen erzählt wird?"

„Die Stammtische sind mir herzlich egal", entgegnete Meier.

„Ihnen vielleicht! Aber mir nicht – denn ich will schnell befördert werden und hier wegkommen, und das geht nur, wenn ICH Erfolge aufweisen kann, was diesen … diesen ... Racheengel betrifft. Acht Morde in Stadtgebiet von Übach-Palenberg in den letzten Monaten! ACHT Morde an Gestalten, die wir seit langem auf der Liste hatten. Das ist eine Ohrfeige für die Polizei. Und außerdem ist das Gift für den Tourismus. Also will ich Ergebnisse, sonst gehen Sie vorzeitig in Ruhestand, verstanden?" Mit dieser Drohung ließ der Staatsanwalt sie zurück und stampfte davon.

„Mann, geht der mir auf den Sack", murmelte Breitscheidt und schaute der zweibeinigen Dampfwalze nach. „Du hast es gut, du könntest ja wirklich schon in Ruhestand, bei deinem Alter. Ich hab noch mindestens 15 Jahre mit diesem Arsch vor mir." Kollege Meier war, wie so oft in der letzten Zeit, seit der Racheengel mit seinem Feldzug begonnen hatte, wieder in seine Gedanken vertieft und schien ihn nicht zu hören. Breitscheidt beobachtete seinen Kollegen und schloss sich innerlich der Auffassung des Staatsanwaltes an, dass Meier seine besten Zeiten hinter sich habe und besser in den Ruhestand versetzt werden sollte.

*

55

Zufrieden strich er in der Garage seines renovierten Siedlungshauses mit dem Baumwolllappen über die Stahlklinge seines Schwertes. Schön sauber sollte sie sein für den nächsten Einsatz. Es war ja so einfach, wenn man das Recht erst einmal in seine eigenen Hände genommen hatte. Kein Mitleid und keine Reue empfand er gegenüber seinen Opfern. Sie hatten es alle verdient. Beim ersten Einsatz vor vier Monaten hatte er sich noch etwas schwer getan. Schließlich ist es nicht so einfach, einem Menschen förmlich in seine Einzelteile zu zerlegen, vor allem, wenn der anfangs noch zappelt und sich wehrt. Doch dann fügen sie sich alle in ihr Schicksal, halten Einkehr und bereuen. Im Gegensatz zu ihm. Er hatte nichts zu bereuen. Denn einer musste es ja tun. Gottes Werk verrichten. Und warum sollte nicht er derjenige sein, der Gerechtigkeit walten ließ? Die Justiz war zu schwach und durch immer neue Gesetze und Vorgaben zur Humanität verdammt. Nein, es war besser so. Einen hatte er noch auf seiner Todesliste stehen, dann war sein Werk vollbracht. Vielleicht würden dann seine Kopfschmerzen und die Alpträume aufhören, die ihn seit Jahren beinahe jede Nacht quälten. Die Namen für seine Liste waren ihm in eben diesen Träumen erschienen. Ein Fingerzeig Gottes, dachte er und lächelte. *Und mich hat er zu seinem Engel gemacht. Seinem Racheengel.*

*

Drago Kronkowicz, genannt Kronk, konnte nicht glauben, was gerade passierte. Er stand mit dem Rücken zum Denkmal am Rathausplatz in Übach, das an die ehemalige Zeche Carolus Magnus erinnerte, bewegungslos wie ein Hase, der auf das herannahende Auto starrt, und schaute auf die scharfe Spitze des Schwertes, die auf seine Brust gerichtet war. Der Mann am anderen Ende der Klinge war in der Dunkelheit nicht zu erkennen. Doch etwas an ihm kam Kronk bekannt vor.

„Was soll das, Mann?", stammelte er. „Was habe ich dir getan?" Er wusste es wirklich nicht. Schließlich konnte er sich nicht alle merken, die er in den letzten Monaten mit seiner Betrugsnummer abgezogen hatte. Sichere Investitionen im Ausland mit hoher Rendite und Möglichkeit zur diskreten Geldwäsche, so lautete die Zauberformel, auf die die Leute nur zu gerne reinfielen. Die Polizei konnte ihm nichts anhängen und eigentlich wäre er schon auf dem Weg nach Kroatien, wenn da nicht dieser Anruf gewesen wäre. Ob er noch Interesse an einem guten Geschäft hätte und ob man sich gegen elf am Rathausplatz treffen könnte. Es würde sein letztes Treffen sein. Mit diesem letzten klaren Gedanken versank sein Bewusstsein in betäubenden Schmerz. Sein Sterben dauerte nur wenige Sekunden, das anschließende Zubereiten der Leiche länger. Schließlich sollte er gut aussehen, wenn man ihn morgen finden würde. Zum Glück hatte der Racheengel darin schon Übung.

*

Wieder standen Meier und Breitscheidt in aller Herrgottsfrühe auf der Straße, dieses Mal am Rathaus in Übach und schauten sich ein unappetitliches Bild von etwas an, das einmal ein Mensch gewesen war. Der Mitarbeiter der Straßenreinigung, der ihn gegen sieben Uhr gefunden hatte, hockte einige Meter weit entfernt und kotzte sich unter der Aufsicht eines Sanitäters die Seele aus dem Leib. Breitscheidt warf ihm einen angewiderten Blick zu. „Was mag der alles gefrühstückt haben, dass da immer noch was rauskommt?", murmelte er und schaute Meier an.

„Wenn mich nicht alles täuscht, ist das Kronkowicz", erwiderte Meier und ging nicht weiter auf die Bemerkung seines Kollegen ein. „Zumindest das, was von ihm übrig ist. Immerhin ..."

„Immerhin was?", fragte Breitscheidt irritiert.

„Immerhin hatte er ein Herz", antwortete Meier und deutete mit der Fußspitze auf den blutigen Klumpen, der gleich neben dem Denkmal lag. „Hätte ich ihm nicht zugetraut." Er verzog den Mund zu einem schiefen Grinsen.

Breitscheidt wollte gerade etwas erwidern, als er erschrocken zusammenfuhr. „Verdammt, da kommt Schäfer", sagte er und trat einen Schritt zur Seite. Bei dem Tempo, das der Staatsanwalt draufhatte, war es besser, nicht im Weg zu stehen.

„Ah, die Herren Ermittler!", begrüßte er sie mit ironischem Tonfall. „Und haben Sie schon Vermutungen bezüglich Ihres Racheengels? Na?!" Angriffslustig funkelte er sie abwechselnd an.

„Ja, äh, ich ...", setzte Breitscheidt an, als Meier ihm das Wort abschnitt. „Von dem werden wir sicher lange Zeit nichts mehr hören", antwortete er mit fester Stimme und fixierte seinen Vorgesetzten. Schäfer und Breitscheidt starrten ihn verwirrt an.

„Ach, und woher wollen Sie das wissen, Herr Meier?", fragte Schäfer, der sich als erster wieder gefangen hatte. „Würden Sie uns mitteilen, woher Sie diese Information haben?"

„Ich habe es geträumt", antwortete Meier und lächelte. „Gestern Nacht habe ich es geträumt."

„Ge...", setzte Schäfer an.

„...träumt, jawohl. Und wissen Sie was? Ich wette um meinen Job mit Ihnen. Wenn der Racheengel noch einmal zuschlägt, können Sie mich in den Ruhestand schicken oder wohin Sie auch wollen."

„Und wenn nicht?", fragte der Staatsanwalt verwirrt.

„Wenn nicht, dann lassen Sie uns endlich unsere Arbeit machen, wie wir es für richtig halten und mischen sich nur ein, wenn es etwas für die Presse zu erzählen gibt. Einverstanden?"

Mit diesen Worten drehte er sich um und verließ den Tatort. Die Morgensonne verlieh seinem Schatten lange schwarze Flügel.

Ende

Jokers Rückkehr

Der Schock saß Joachim Jaguschek noch tief in den Knochen. So hatte er sich seine Rückkehr nicht vorgestellt. In den letzten vier Jahren hatte er an nichts anderes gedacht als daran, noch einmal seine Heimat zu sehen. Der Gedanke an Hückelhoven hatte ihn in Diyarbakir am Leben gehalten und ihn eine Menge ertragen lassen, ohne durchzudrehen oder einen seiner Peiniger umzubringen. Davon hatte er sich nur erlaubt zu träumen, wenn er nachts in der stickigen Zelle auf seiner Pritsche gelegen und den Mithäftlingen beim Schnarchen oder Onanieren zugehört hatte. Diyarbakir war einer der härtesten Knäste in der Türkei, und ausgerechnet da musste er landen, nachdem er mit seinem selbstgebastelten Dope zwei Zivilbullen angequatscht hatte. Dass das ein Fehler war, war ihm im wahrsten Sinne des Wortes schlagartig klargeworden, als ihn die Faust mitten auf der Nase getroffen und deren Wurzel endgültig zertrümmert hatte. Seitdem machte er beim Atmen ein leise pfeifendes Geräusch und bekam nach einigen Wochen eigentlich nur noch durch den Mund Luft. Eine Gerichtsverhandlung hatte es nie gegeben. Man hatte ihn im Knast abgeliefert, dort noch ein wenig zur Begrüßung verprügelt und dann anscheinend vergessen. Seine Bitte um Kontakt zur deutschen Botschaft war mit einem hämischen Lachen beantwortet worden. *Aber irgendwas geht immer*, hatte er sich gedacht und versucht, das Beste aus seiner neuen Situation zu machen. Und schon nach zwei Monaten hatte er als „pezevenk" für zwei minderjährige kurdische Jungs genug zu tun und eine Stufe auf der Knastleiter nach oben genommen. Er wurde nicht mehr gefickt, er ließ ficken. Dass er bis Katmandu kommen würde, hatte er sowieso nicht wirklich geglaubt. Sein Katmandu bestand für die nächsten 1365 Tage aus einer rund zehn Quadratmeter großen Zelle, die er mit fünf anderen Gefangenen teilte – inklusive der Toilette, die aus einem Loch im Zellenboden bestand, in das man sich hockend erleichtern musste. Einmal pro Woche – ab und zu auch seltener – konnten sie duschen. Den flüchtigen Blick in den Spiegel hatte er zu hassen gelernt. Denn was er da sah, fand er abscheulich. Sein Kiefer war nach den Tritten damals auf der Millicher Halde sehr unvorteilhaft zusammengewachsen, die untere Kauleiste bestand nur noch aus ein paar gelblich-grauen Zahnstümpfen, die auch noch abscheulich stanken und schmeckten, von seinem verstümmelten Ohr, das den Namen kaum noch verdiente, ganz zu schweigen. Die Glatze, die man wegen des Ungeziefers in Diyarbakir trug, ließ den Stumpf seines abgeschossenen Lauschlöffels nur noch offensichtlicher ins Auge springen. „Büyük kulak" hatten die anderen ihn genannt. Dass er „Joker" genannt werden wollte, hatte niemanden interessiert. Angesichts seiner restlichen Optik hatte sein verunstalteter Zinken auch keine große Rolle mehr gespielt. Immerhin hatte er in den 32700 Minuten, die er in Obhut des türkischen Staates verbracht hatte, ganz passabel auf Türkisch schimpfen gelernt. Mit seinen beiden Pferdchen, deren Dienstleitungen ihn mit Zigaretten, Tee und türkischen Lira versorgten, hätte er sicher alt und für Knastverhältnisse wohlhabend werden können in diesem Tor zur Hölle.

Trotzdem hatte ihn der Gedanke an seine Heimat, die er damals so überstützt und heimlich verlassen hatte, nie losgelassen. Dass er es letztendlich rausgeschafft hatte, war ihm selbst unverständlich. Er hatte alles auf eine Karte gesetzt und tatsächlich mal gewonnen. Als der deutsche Hippie ihm beim Essenfassen erzählte, dass er nach so langer Zeit hinter Gittern doch entlassen würde, ging alles ganz schnell. Mit dem angespitzten Schraubenzieher und einem gezielten Stich in die Herzgegend beförderte er ihn in der Dusche ins Jenseits, zog seine Klamotten an und nahm seinen Platz in seiner Zelle ein. Von da hieß er Florian Becker und stammte aus Bayreuth. Dass dem toten Florian in Diyarbakir das Leben auch schwer gemacht worden war, was man an seinem ruinierten Gesicht sehen konnte, erleichterte die Sache ungemein. Der Joker, genannt „Büyük kulak", wurde beim Einschluss tot in der Dusche gefunden und Florian Becker am nächsten Morgen mit ein paar türkischen Lira in der Tasche vor das Anstaltstor geschoben. *Irgendwas geht immer*, hatte er sich gebetsmühlenartig eingehämmert, während die Wärter ihn den Gang hinunter in Richtung Ausgang geführt hatten, vorbei an den überfüllten Zellen, aus denen heraus die Insassen ihm mehr oder weniger gute Wünsche für die Zukunft nachgeschrien hatten. Er hätte gerne ein stilles Stoßgebet gen Himmel geschickt, aber den Text des Vaterunsers hatte er nicht mehr zusammenbekommen.

Keiner hatte es bemerkt! Keiner hatte ihn zurückgeholt, als er einmal auf der Straße stand und sich als freier Mann – der das Land innerhalb von 48 Stunden zu verlassen hatte – langsam entfernte. Beckers Eltern, die ihn eigentlich abholen wollten und ihre Verspätung ausrichten ließen, ging er aus dem Weg und verschwand hinter der nächsten Kurve völlig von der Bildfläche. Über Istanbul, Athen und Zagreb war er der Heimat immer näher gekommen und hatte dafür über drei Monate gebraucht.

Vorgestern im Morgengrauen war er in Baal aus dem Zug geplumpst und hatte das letzte Stück zu Fuß hinter sich gebracht. Dann war er bei einem Freund untergekrochen, der ihm noch einen Gefallen schuldete. Von dem hatte er auch zweihundert

Euro und die Adresse des Puffs bekommen, im den er jetzt in einem kleinen nach Parfüm stinkenden Zimmer saß – und starr vor Schreck seiner Tochter ins Gesicht starrte. Jessica, sein kleiner Engel, war ihm als „Lara" angekündigt worden. Sie sei eine „naturgeile Sau", mit der er bestimmt seinen Spaß haben würde, hatte die fette Frau am Empfang gesäuselt und ihm den Weg ins Zimmer gewiesen, in dem er geduldig auf Laras Ankunft gewartet hatte. Als die Tür aufgegangen war und sie vor ihm stand, war ihm die Lust schlagartig vergangen. Er hatte seine Tochter seit seinem ersten Knastaufenthalt vor über zehn Jahren nicht mehr gesehen – jetzt stand sie da, im viel zu knappen Ledermini, der ihre dünnen Oberschenkel kaum bedeckte. Ihre Füße steckten in unerhört hohen Pumps und insgesamt machte sie einen verdammt bescheidenen Eindruck. Auch sie hatte ihn erkannt, obwohl sie sich seit Jahren nicht mehr gesehen hatten und das Leben ihm in der Zwischenzeit übel mitgespielt hatte.

„Papa?", fragte sie erstaunt und schaute ihn mit großen Augen an. Sein „Jessica" klang sehr sprachlos. Bei allem, was ihm widerfahren war, stellte diese Begegnung den absoluten Tiefpunkt dar. Seine Geilheit war verschwunden und er fühlte sich alt und am Ende einer sehr unangenehmen Reise. In seinen dunkelsten Stunden hatte der Glaube daran, dass irgendwo seine Exfrau und seine Kinder ein ordentliches Leben führen, ihn am Leben gehalten. Und jetzt das.

„Was machst du …", begann er, doch sie unterbrach ihn wütend. „Mach mir bloß keine Vorwürfe! Du hast nicht das Recht, mir Vorwürfe zu machen, hörst du?!"

„Aber ich …"

„Aber was? Wer hat uns denn damals im Stich gelassen, weil er ein großer Gangster werden wollte? Wer war nicht da, als ich ihn brauchte? Nach wem habe ich mich jahrelang gesehnt? Aber wir waren dir ja scheißegal! Und jetzt sitzt der Herr hier wie ein geiler Bock und will mir Vorwürfe machen!"

„Aber ich …"

„Steck dir dein *aber ich* an den Hut, du kaputter Freak! Du hast mich im Stich gelassen! Wegen dir blöden Sau bin ich hier gelandet! Schau mich an! Na, bist du stolz auf deine kleine Jessi? Und jetzt willst du wohl auch noch mit mir ficken!?" Ihre Stimme überschlug sich und erreichte eine Lautstärke, die er sonst nur von ihrer Mutter gekannt hatte.

„Aber ich wusste doch nicht …", begann er erneut und versuchte gegen ihre Lautstärke anzustinken.

„Wie auch? Du warst ja nie da, du Schwein!", schrie sie, bevor ihre Stimme in einem hemmungslosen Schluchzen unterging. Ihr Auftritt hatte wohl seine Wirkung auch außerhalb des Zimmers nicht verfehlt. „Was ist da los?", hörte Joker eine Stimme auf dem Flur, die von hastigen schweren und lauter werdenden Schritten begleitet wurde. Auch Jessica hörte sie und erstarrte zur Salzsäule. „Oh Gott, bitte nicht", flüsterte sie und wurde kreidebleich unter der dicken Lage Schminke, die ihr Gesicht bedeckte. Mit lautem Krachen wurde die Tür aufgestoßen. Nun wurde Joker leichenblass – Askim! Der Askim, den er vor einigen Jahren auf der Millicher Halde mit einer Eisenstange getötet hatte – eigentlich. Da stand er plötzlich mitten im Raum und starrte erst ihn und dann Jessica wütend an. Anscheinend hatte er den Joker nicht wiedererkannt, noch nicht.

„Ey, was geht hier ab? Macht der Spacko Ärger?", fauchte er Jessica an und deutete mit der Hand auf ihn. Jessica war starr vor Angst und schluckte laut. Dann wanderte ihr Blick auf ihren Vater. Askim drehte sich zu ihm.

„Pass auf, du Zombie, niemand belästigt eins von meinen Hühner! Hier wird gefickt und bezahlt, sonst nichts! Oder willst du etwa...." Er brachte seine Drohung nicht zu Ende. Seine Augen verengten sich, als er Joker ins Visier nahm. „Du?"

Jokers Hals war auf einmal so trocken, dass er nicht antworten und nur blöd grinsen konnte. Ein zaghaftes „Hallo" war alles, was er rausbrachte. Askim hatte sich schneller erholt und baute sich breit grinsend vor Joker auf.

„Schau an, ich habe immer gewusst, dass wir uns irgendwann mal widersehen", knurrte er mit einem breiten Grinsen. „Und jetzt muss ich hier euer kleines Familientreffen stören", fügte er mit einem Seitenblick auf Jessica hinzu. „Da staunst du, was? Dein Töchterlein schafft für den guten alten Askim an. Klasse, oder?"

„Finde ich jetzt persönlich nicht ganz so klasse", erwiderte Joker. Ihm war zwar danach, sich vor Angst in die Hose zu machen, aber Jessicas Gegenwart ließ ihn einen Rest Würde bewahren und allen Mut zusammennehmen. „Sag mal, müsstest du nicht eigentlich tot sein?"

„Müsste ich, wenn mich ein richtiger Kerl umgebracht hätte. Aber du Vollpfosten kannst ja nicht mal eine Fliege umnieten, wenn sie vor dir auf den Tisch fliegt und stillhält." Der Hohn in Askims Stimme machte den Joker wütend.

„So, meinst du", sagte er mit ruhiger Stimme. „Oder wollte nicht einmal der Teufel mit dir Scheißkanacken was zu tun haben?"

Askim zauberte aus seiner Tasche eine Pistole und drückte ihren Lauf in einer schnellen Bewegung gegen Jokers Stirn. „Nanu, warum so mutig? Willst es wohl deiner Kleinen hier zeigen. *Schau mal, dein Vater ist kein Loser, der hat's voll drauf, so wie Charles Bronson.* Ja, willst du das? Nur diesmal kommt dir kein Zufall zur Hilfe. Diesmal werde ich dich wirklich kalt machen."

„Soso, wirst du das", murmelte Joker mit kaltem Blick und überlegte fieberhaft, wie er aus dieser Scheiße wieder rauskommen sollte. „Wieso hast du eigentlich überlebt? Und wo sind deine beiden Gorillas geblieben?"

„Du hast damals nicht wirklich wichtige Organe zerfetzt mit der rostigen Stange", klärte Askim ihn mit einiger Genugtuung in der Stimme auf. „Ich war ohnmächtig. Doch bevor die Bullen die ganze Halde absuchen konnten, schaffte ich es, mich aus dem Staub zu machen. Zum Glück fing es an zu regnen und meine Blutspur verwischte schnell genug. Dann habe ich mich bei Onkel Ahmet versteckt, der hat mich nach Holland gebracht, wo mich ein Quacksalber soweit zusammengeflickt hat, dass ich überlebt habe. Und weißt du was?"

„Nein, was denn?" Joker konnte das Gequatsche dieses Arschlochs nicht mehr ertragen, aber angesichts der Waffe in seiner rechten Hand, hielt er sich zurück.

„Der Gedanke, dass ich dich hässliche Ratte noch einmal treffen würde, hat mich gerettet. Der Hass hat meine Wunden geheilt und ist stärker als der Schmerz, der mich täglich an deine Visage erinnert." Mit diesen Worten holte er aus und schlug den Lauf der Pistole gegen Jokers Stirn. Der kippte vom Bett und landete hart auf dem Boden. „Darauf habe ich lange gewartet, das wird ein Fest", knurrte Askim.

„Wie schön für dich", murmelte Joker und versuchte, durch den Nebelschleier etwas zu erkennen. Er sah Jessica, die wie angewurzelt in der Ecke stand und ihn anstarrte.

„Ja, das ist wirklich schön für mich. Und jetzt werden wir drei Hübschen einen kleinen Ausflug machen. Ich denke, du weißt, warum." Er drehte sich zu Jessica. „Los, hilf dem Arsch hoch. Und keine Extratouren, sonst endet euer kleines Familientreffen früher, als dir lieb ist." Sie schaute ihn mit großen Augen ann und setzte sich in Bewegung. Der Joker hatte sich schon halbwegs aufgerappelt und schüttelte ihre hilfreich hingestreckten Hände ab. Sein Blick sprach Bände und traf sie tief ins Mark.

Rückwärts ging Askim zur Tür und schaute kurz in den Flur hinaus, ob die Luft rein war. „Los!", lautete sein Kommando, das er mit einer Bewegung der Pistole unterstrich. Fragend schaute Jessica ihren Vater an, der versuchte, aufmunternd zu grinsen. Sie setzten sich beide langsam in Bewegung und schoben sich auf Askim zu, der jede ihrer Bewegungen argwöhnisch beobachtete. Als Joker auf seiner Höhe angekommen war, presste er ihm noch einmal den Lauf seiner Pistole unters Kinn.

„Du hattest schon verloren, als du damals mit dem Babypuder in der Tasche aufgetaucht bist", zischte er ihm ins Gesicht. „Seitdem bist du ein toter Mann. Es war nur eine Frage der Zeit, bis ich dich erwischen würde. Und ich habe dich gedemütigt. Was meinst du, weshalb ich das Klappergestell hier für mich anschaffen lasse? Meinst du, ich würde keine besseren Nutten fin -…"

Der Aufprall der Tiffanylampe gegen seinen Schädel schnitt ihm das Wort ab. Joker nutzte die Gelegenheit, griff nach der Pistole und rammte Askim sein Knie in den Unterleib. Er sank zu Boden, wo ihn ein Schlag in den Nacken mit voller Wucht traf. Dann schaute sich Joker nach seiner Tochter um, die wie angewurzelt im Raum stand und wütend auf ihren Zuhälter starrte.

„Du miese Sau, du verdammter …", begann sie, als Joker den Ohnmächtigen zurück ins Zimmer zog und die Tür hinter sich schloss. „Lebt der noch?", fragte Jessica ihren Vater.

„Keine Ahnung", erwiderte er und fühlte an Askims Hals nach dem Puls. „Ganz schwach", stellte er fest. Blut sprudelte aus der klaffenden Wunde und lief an Askims Kopf herab. „Du hast ordentlich zugelangt, Respekt." In seiner Stimme schwang Stolz mit. „Aber jetzt müssen wir den hier rauskriegen, sonst haben wir echt Ärger am Hals."

„Hinterm Haus steht mein Auto", sagte Jessica und griff nach ihrer Jacke, die sie zuvor achtlos auf einen Stuhl geworfen hatte.

„Dann nichts wie los", beschloss Joker. „Pack mal an."

Gemeinsam zerrten sie den bewusstlosen Askim hoch und schoben ihn in Richtung Tür. Joker streckte den Kopf durch die Tür und schaute in den Flur. „Die Luft ist rein, wo geht es lang?"

„Rechts rum und dann durch die Tür da vorne", sagte Jessica, die schwer an ihrem Zuhälter zu schleppen hatte. „Packst du bitte mal mit an?" Gemeinsam zerrten sie Askim durch den schmalen Gang und durch die Hintertür. Draußen schlug ihnen feuchtkalte Luft ins Gesicht.

„Da drüben", ächzte Jessica und zeigte auf einen kleinen rosafarbenen Nissan. Typisches Frauenauto, dachte Joker. Hoffentlich passt der Klotz da überhaupt rein. Gemeinsam schafften sie es, ihn auf dem Beifahrersitz zu verstauen, während Joker nach hinten kroch, um rechtzeitig einschreiten zu können, wenn Askim doch noch einmal erwachen würde.

Jessica startete den Motor, ließ die Kupplung springen und würgte den Wagen ab. „Scheiße", zischte sie und startete erneut. Nach kurzem Orgeln sprang der Zündfunke.

„Mach langsam", ermahnte Joker sie von hinten.

„Boah, halt´s Maul", schnauzte sie und starrte dabei nach vorne, um keinen der parkenden Wagen zu rammen. „Wegen dir Arsch habe ich den Ärger jetzt am Hals! Wo kommst du überhaupt auf einmal her und wieso siehst du so scheiße aus, häh?" Er sah die Tränen, die langsam ihre Augen füllten. Für einen Moment war sie wieder sein kleines Mädchen und sie wohnten in der Zechensiedlung gleich gegenüber von Schacht 3. Scheiße, ab wann ist mir das eigentlich so aus dem Ruder gelaufen?, fragte er sich und rieb sich die schmerzenden Augen. Wie im Bildsuchlauf liefen Fetzen seines früheren Lebens an ihm vorbei. Oder es waren nur die über Jahre hinweg in seiner Zelle zusammengelogenen Erinnerungen an etwas, das es so nie gegeben hatte. War es nicht scheißegal? Jetzt saß er hier mit einer spindeldürren Nutte und einem hoffentlich toten Zuhälter und musste sich ausdenken, wie er den elegant und diesmal endgültig loswerden könnte. Hatte ihm jemals jemand versprochen, dass das Leben schön werden würde? Man hatte ihm alle mögliche Scheiße erzählt, aber das nicht. Wenigstens das nicht.

„Ich komme direkt aus der Hölle", begann er ruhig, als er sich gesammelt hatte. Schließlich konnte sie nichts dafür, auch wenn sie heute alles andere als sein kleines Mädchen war. „Und da sieht man nun mal so aus. Daran habe ich lange gestylt, das kannst du mir glauben."

„Entschuldige", kam es ruhiger von vorne und nach einer Weile etwas schüchtern: „Sag mal, was ist eigentlich mit deinem Ohr passiert? Das sieht schon irgendwie … na … *porno* aus, findste nicht?"

„Das hat der feine Herr mir damals abgeschossen."

Sofort traf ein weiterer harter Schlag den Bewusstlosen. Dabei verlor Jessica beinahe die Kontrolle über den Wagen, der über einen Bordstein holperte. Joker griff von hinten ein und riss zeitgleich mit seiner Tochter am Lenkrad. „Ich glaube, du fährst genauso wie deine Mutter", erklärte er, als sich ihre Hände berührten und zum ersten Mal für ein paar Sekunden etwas wie Intimität zwischen ihnen herrschte. Zwischen ihm und der spindeldürren Nutte, die seine Tochter war.

„Was weißt du schon über Mama?", antwortete sie schnippisch und zog ihre Hand zurück. Immerhin, dachte er. Zum ersten Mal seit über zehn Jahren habe ich meine Tochter berührt. Sie fühlt sich gut an. Dann stöhnte Askim.

„Schnauze!", brüllten beide gleichzeitig und Jokers Schlag mit der Pistole auf den Hinterkopf des Türken war unwesentlich schneller als Jessicas Faustschlag gegen seine Stirn. Beide mussten kurz lachen. Als Joker seine Hand kurz auf ihrer Schulter ruhen ließ, wehrte sie sich nicht.

„Was machen wir mit dem da?", fragte sie und deutete mit dem Kopf auf Askim, der wie ein betrunkener Nachtschwärmer auf dem Beifahrersitz zusammengesunken war.

„Den lassen wir verschwinden und vergessen die ganze Angelegenheit", erklärte Joker entschieden. Es war an der Zeit, etwas für die Zukunft seiner Tochter zu tun und mit einem düsteren Kapitel in seinem Leben abzuschließen. Dann nahm er die Alditüte, die neben ihm auf der Rückbank lag, und zog sie dem Bewusstlosen von hinten über den Kopf.

Der Tag kündigte sich langsam an, als der Nissan auf der Rurbrücke zwischen Hückelhoven und Hilfarth hielt. Ringsum war keine Menschenseele zu sehen. Ideal. Jeder Ort hat seine ganz spezielle Uhrzeit, wenn absolut nichts los ist. In Hückelhoven ist das um halb fünf in der Frühe. Sie waren eine Weile lang ziellos herumgefahren und hatten auf dem Parkplatz der Millicher Halde gestanden, bis Joker sicher war, dass die Tüte beim ohnmächtigen Askim alle Lebenslichter ausgeblasen hatte. Die Zeit hatte er genutzt, um seiner Jessika eine Menge zu erzählen, von der sie bestimmt die Hälfte schon wieder vergessen hatte. Von seinem Traum nach Freiheit, der ihn schon als kleinen Jungen gequält hatte. Von der Zeche, die ihn wenigstens ein bisschen auf der Schiene gehalten hatte durch Regeln und durch Belohnung in Form von Gehalt. Von der ersten Zeit nach der Schließung, den Brüchen und krummen Dingern, mit denen er sich eigentlich nur eines erkaufen wollte: Eier in der Hose! Er ließ nicht unerwähnt, wie blöd der Jugo dreingeschaut hatte, als er beim Bumsen mit seiner Frau gestört wurde. Und wie die Bullen ihn aus seiner ehemaligen Wohnung geschmissen hatten, die längst neu vermietet war. Seine Frau und seine Tochter hatte er nicht mehr wiedergesehen. Und er erzählte von Askim und seinen Leuten, die sich langsam wie die Krätze immer mehr ausgebreitet hatten und irgendwann auch ihn angezogen hatten wie der zuckrige Klebestreifen die Fliegen über Omas Küchentisch. Vor allem Askim hatte ihn gereizt. Diese arrogante Art, mit der er seiner Umwelt zu verstehen gab, dass er sich für etwas ganz Besonderes hielt. Deshalb hatte der Joker beschlossen, ihn abzuziehen und um ein paar tausender zu erleichtern. Doch auch Askim hatte nicht im ernst daran gedacht, den Deal korrekt über die Bühne zu bringen. Nun würde er übers Geländer in die Rur stürzen und in einigen Tagen ein paar Kilometer weiter gefunden werden. Zeit genug, damit er und Jessica sich um ihr Alibi kümmern konnten.

Jessica stieg aus und legte den Fahrersitz um, sodass sich Joker aus dem kleinen Auto pellen konnte. Er streckte sich und bemerkte erst mit dem Knacken seiner Gelenke, dass er die letzten Stunden hinten im Wagen verbracht hatte, wo sonst nur Platz für einen Kindersitz oder den Wochenendeinkauf eines Singlehaushaltes wäre. Scheiße, ich werde alt, dachte er und ging um den Wagen. Während er die Beifahrertür öffnete, stand Jessica im Licht der Scheinwerfer und schaute sich ängstlich um.

„Boah, mach schneller", flüsterte sie halblaut. „Wenn uns jetzt einer sieht, sind wir geliefert."

„Das geht jetzt ruckzuck", antwortete Joker gepresst, stopfte die Alditüte hinter den Sitz und zog den leblosen Körper langsam aus dem Auto. „Vielleicht könntest du ja die Güte haben und mit anpacken."

„Den da anpacken? Vergiss es", konterte Jessica mit empörter Stimme. „Das mach ich nicht!"

„Ja, neee, is klar", murmelte Joker resigniert und schaffte es, Askim bis zum Geländer zu zerren wie einen Betrunkenen. Er wollte ihn gerade am Hosenbund packen und über das Geländer hieven, als eine Stimme ihn erstarren ließ.

„Guten Morgen, darf ich erfahren, was Sie da tun?"

Er erstarrte in seiner Bewegung und drehte den Kopf so weit, dass er Jessica vor dem Nissan sehen konnte. Sie hatte Mund und Augen weit geöffnet und als er ihrem Blick folgte, sah er den Streifenwagen. Und den Kopf des Polizisten, der aus dem offenen Fenster der Beifahrertür heraus zu ihm sprach.

„Morgen, halb so schlimm", begann Joker und tätschelte Askim fast zärtlich den Rücken. „Mein Schwiegersohn hat einen über den Durst getrunken und muss sich das Essen nochmal durch den Kopf gehen lassen."

„Aha", sagte der Polizist.

„Besser hier als im Auto, finden Sie nicht?" Dann drehte er sich wieder zu Askim und begann, beruhigend auf den Leblosen einzureden. „Komm, raus den Gammel, dann fühlst du dich gleich viel besser." Dann begann er zu würgen und geräuschvoll anzukündigen, was im Normalfall keiner Zeugen bedarf. Das dachte sich auch der Beamte und ließ zum Abschied ein lustig gemeintes „Rohr frei!" erklingen, bevor sich die Scheibe wieder hob und der Wagen sich in Bewegung setzte. Atemlos starrte Joker dem Streifenwagen nach.

„Alter, das war knapp", hörte er Jessicas erleichterte Stimme. Er machte sich daran, Askim Körperschwerpunkt zu verändern und ihn langsam über das Geländer zu bugsieren.

„Hättest ja schon die Augen aufhalten können, ob jemand kommt, findest du nicht?"

„Davon hast du nichts gesagt", platzte es aus ihr heraus. „Woher soll ich wissen, dass ich aufpassen muss?"

„Stimmt."

Anscheinend ist Jessica genauso blöd wie ihre Mutter, dachte er. Mit einem dumpfen Plumps verabschiedete sich Askim und wurde von der Rur mitgenommen. Joker sah ihn mit dem aufgewühlten Wasser verschwinden.

Er drehte sich um. Jessica saß schon im Nissan. Als er die Hand nach der Beifahrertür ausstrecke, sah er, wie sie von innen den Knopf runterdrückte und die Scheibe einen Spalt weit öffnete.

„He, was soll das? Lass mich rein!"

„Ich denke, es ist besser, wenn wir uns trennen", antwortete sie von innen, was eigentlich ziemlich schlau klang.

„Na gut, ich melde mich bei dir, okay?"

„Lass mal, du machst nur Ärger. Nichts für ungut, aber wir sollten das besser lassen." Mit diesen Worten startete sie den Motor und fuhr los. Joker schaute ihr verwirrt nach. Ja, sie kommt ganz auf ihre Mutter, dachte er und schaute sich um. Eigentlich hielt ihn nichts mehr in Hückelhoven. In der Tasche hatte er ein paar Hunderter, die er Askim abgenommen hatte. Damit würde er doch irgendwo irgendwas auf die Beine stellen können, schließlich war er ein helles Kerlchen und –

„Irgendwas geht immer", murmelte er, vergrub die Hände tief in den Taschen und ging los.

Ende?

Hundspetersilie I

„Sag mal, was heißt eigentlich *Aethusa cynapium*?"

„Wie bitte?"

„Ich habe heute Morgen im Schuppen dein Botanikbuch gefunden. Es lag aufgeklappt ganz oben im Regal und das Wort hast du rot unterstrichen."

„Welches Wort?"

„Na, *Aethusa cynapium*. Und ich möchte gerne wissen, was dieses *Aethusa cynapium* bedeutet."

„Ich habe keine Ahnung."

„Das war mir klar, der feine Herr hat wieder einmal keine Ahnung, was er da angerichtet hat."

„Was habe ich denn angerichtet?"

„Das will ich dir sagen: *Aethusa cynapium* ist der lateinische Begriff für Hundspetersilie. Das ist das Zeug, das du voriges Jahr im Garten angepflanzt hast, hinten beim Komposthaufen. Und stell dir vor: Zufällig ist es sehr giftig. In einer ordentlichen Dosierung eingenommen löst dieses *Aethusa cynapium* eine tödliche Atemlähmung aus. Wie kannst du Gartendilettant uns so etwas aufs Grundstück schleppen? "

„Tut mir leid, Schatz. Möchtest du noch einen Tee?"

Komm, lass uns spielen

Die Sonne tauchte die Umgebung in das warme Licht, das späte Sommerabende so besonders macht. Gehetzt suchte er die Umgebung ab. Niemand zu sehen. Die stille, friedliche Dorfstraße erinnerte ihn an seine letzten Ferien bei der Oma in der Eifel. Bis auf die Tatsache, dass am Ende der Straße neben der ehemaligen Metzgerei Paffendorf sein Freund Björn lag. Er konnte die Umrisse seines Freundes gut erkennen. Björn sah aus wie ein Maulwurfhügel, aus dem ein Spaten ragte. Der Spaten steckte in seinem Rücken. Das scharfe Ding hatte ihn mit voller Wucht erwischt und die Wirbelsäule durchstoßen wie ein Speer, als sie sich aus der Deckung gelöst hatten, um zum anderen Ende der Straße zu kommen. Von dort aus wäre es nur noch ein Katzensprung bis zum Ortsausgang gewesen. Dort stand auch das Schild, auf dem der Tagebaubetreiber vor dem Betreten des Dorfes warnte. „Privateigentum". Und dass das Betreten ab 20 Uhr untersagt sei. Von der mumifizierten Leiche im Keller und dem Wahnsinnigen, der ihn jetzt jagte, hatte darauf nichts gestanden. Die beiden Mopeds, mit denen sie gekommen waren, lagen auf der Straße vor dem Haus. Wenn er den Kopf aus der Deckung hochschieben würde, könnte er sie sehen. Höchstens dreihundert Meter entfernt von seinem Versteck.

Sein Blick suchte die Häuserreihen auf beiden Seiten der Dorfstraße ab. Die Fenster der meisten Häuser waren entweder mit Brettern vernagelt oder eingeschlagen worden. Das Dorf war leer.

Bis auf ihn und den Unbekannten, der anscheinend dafür sorgen wollte, dass auch er bald so tot war wie das Dorf.

„Komm, lass uns ein wenig Spaß haben. Wir schauen uns ein wenig um, vielleicht finden wir ja irgendwas Wertvolles." So hatte ihm Björn die Schnapsidee schmackhaft gemacht.

Sie hatten zusammen mit Mike aus der 10 B auf dem Markt gesessen und den Leuten beim Eis Essen und Tratschen zugeschaut. Jetzt lag Mikes verstümmelter Körper auf den Steinfliesen im Flur. Er hatte neben ihnen fast den Ausgang erreicht, bevor die Sense seinen Kopf abgetrennt hatte. Der war ihnen noch ein paar Meter hinterhergehüpft und gekullert, als sie stolpernd durch den Hof und hinaus auf die Straße gerannt waren. Er war immer ein guter Fußballspieler gewesen. Vielleicht hätte er sich umdrehen und dem Kerl den Kopf voll vor die Zwölf schießen sollen. Aber wer denkt an so etwas, wenn hinter einem der blanke Horror ausgebrochen ist.

Er schaute an sich herunter und sah, dass seine Hosenbeine voller Blut waren. Dem von Mike und seinem eigenen. Vor allem seinem eigenen. Er hatte das Gefühl, dass es ohne Unterlass ständig weiter aus den vier fleischigen Stümpfen tropfte, die neben dem Daumen von den Fingern seiner rechten Hand übrig waren. Die Finger lagen in dem verdammten Haus. Zusammen mit seinem Smartphone. Scheiße, zum Glück ist wenigstens das versichert, dachte er. Immerhin hatte Mike die Polizei erreichen können, bevor dieses Arschloch wie ein Orkan durch die Kellertür gebrochen war und ihm den Kopf abgeschlagen hatte.

Mit der Sense, die sie auch noch selbst vom Hof mit in den Keller genommen hatten, um diese beschissene Truhe aufzuhebeln!

Was hatten sie denn gedacht, was sie finden würden? Scheiße, was denn? Vielleicht sollte er losheulen, aber ihm war überhaupt nicht nach Heulen zumute. Er fühlte sich eigentlich großartig. Voller Adrenalin. Zum ersten Mal seit Monaten wieder richtig lebendig. Bis in die Fingerspitzen. Zumindest die, die noch übrig waren. Angesichts der Tatsache, dass seine Kumpel vor wenigen Minuten nacheinander und vor seinen Augen umgebracht worden waren, fand er sein neugewonnenes Lebensgefühl irgendwie unpassend. Außerdem musste er erst einmal den Rest der Straße bis zum Kapellchen schaffen, ohne diesem Monster in die Arme zu laufen. Oder in die Sense. Vom anderen Ende der Straße aus waren es noch hundert Meter bis zum freien Feld. Bloß raus aus diesem Scheißkaff, dachte er.

„Das Dorf ist jetzt leer", hatte Björn erzählt. Er wusste das, weil sein Vater für den Braunkohleriesen arbeitete und für genau diese Übergangsphase zwischen gestern noch bewohnt und demnächst eingeebnet zuständig war. Von ihm hatte Björn auch gehört, was man so alles finden kann in den alten Häusern. „Kann man alles mitnehmen, da kräht eh´ kein Hahn mehr nach", hatte Björn seinen Vater zitiert und die beiden damit überzeugt.

Als sie mit ihren Mopeds nach fast zwanzigminütiger Fahrt in den Ort geknattert kamen, war es ihm schon ein wenig unheimlich vorgekommen. Die Straßen waren leer, man spürte, dass hier keiner mehr wohnt. Die Bewohner lebten längst näher an der Stadt in einem Baugebiet, das den Namen des Dorfes trägt, versehen mit einem „neu" in Klammern. „Neu" bis das alte verlassene Dorf ganz verschwunden ist.

Aber zuerst wollten sie noch ihren Spaß haben und jagten mit ihren Kisten durch die Straßen.

Das Haus hatte sie irgendwie angezogen. Als ob zwischen hunderten von toten Kadavern einer liegt, der noch zuckt. Vorne waren Zahlen über dem Hoftor angebracht. „1801". Das Haus war in sich zusammengesunken wie eine alte Frau, krumm von der

Last der Jahre. Aber noch am Leben. Der Hof war schnell uninteressant. Die Haustür stellte kein Hindernis dar und schon tauchten sie ein in die muffige Dunkelheit des Hauses. Das Erdgeschoss war leer, im ersten Stock fanden sie ein paar Decken in einem der leeren Räume. „Haben wohl Penner oder Junkies gehaust", bemerkte Mike.

„Dann lass uns lieber abhauen, vielleicht kommen die ja zurück", sagte Björn.

„Quatsch", meinte er. „Die sind weg. Komm, wir schauen mal im Keller nach."

ER hatte sie in den Keller gelockt. Ohne ihn wären sie vielleicht wieder zu ihren Mopeds gegangen und abgehauen. Dann hätte Mike noch seinen Kopf und er selbst eine vollständige rechte Hand. Von Björn ganz zu schweigen.

Dann hatten sie unten in dem Schutt die Truhe gefunden.

„Was da wohl drin ist", hatte er selbst gesagt. Auch das war auf seinem Mist gewachsen. Und er hatte auch im Hof die Sense geholt, mit der sie die verschlossene Truhe geknackt hatten. Leider.

„Oh Gott", flüsterte Mike neben ihm. Björn produzierte würgende Geräusche. In der Truhe hockte eine Mumie. Der Lichtkegel aus dem Smartphone zitterte, trotzdem ließ er ihn über den skelettierten Körper gleiten. Er erkannte lumpige Reste eines Kleides mit Blumenmuster, grau auf grau. Dann spürte er etwas auf seinem Fuß und leuchtete nach unten. Björn hatte ihm auf den Schuh gekotzt.

„Tschuldigung", murmelte der und wischte mit dem Handrücken über seinen Mund. Dann blitzte es. Mike machte Fotos

„Wegen mir können wir gehen", sagte Mike und steckte das Handy wieder ein. „Mit den Fotos hole ich bei Insta locker tausend Likes, wenn …"

„WECKT MEINE MAMA NICHT!! SIE WILL NICHT, DASS ICH MIT ANDEREN KINDERN SPIELE!!"

Diese Stimme hatte nichts Menschliches. Sie schien von überall zu kommen, war über ihnen und neben ihnen.

Aus dem Augenwinkel nahm er eine Bewegung in der Dunkelheit wahr und duckte sich. Gerade noch rechtzeitig, denn über ihm schlug etwas Scharfes in den hochgeklappten Deckel der Truhe. Das Smartphone fiel ihm aus der Hand in die Truhe und mit ihm verschwand der Schutz des Lichtkegels.

„ABER ICH WILL MIT EUCH SPIELEN!"

„Ach du scheiße", murmelte er und wollte automatisch nach seinem Smartphone greifen, das der Mumie in den Schoß gefallen war. Die Taschenlampen-App warf einen Lichtstrahl auf den heruntergeklappten Unterkiefer des Skeletts. Auf halber Höhe, dort, wo einmal der Busen der Frau gewesen war, lagen zwei fleischige rote Würste. Zwei weitere unten neben dem Handy. Verdattert schaute er auf seine Hand. Das waren seine Finger! Dieses Schwein hatte ihm die Finger abgehackt!

„DAS WAR DER ERSTE STREICH!", rief die Stimme wieder von überall. „UND DER ZWEITE FOLGT SOGLEICH!"

In Sekundenbruchteilen brach Chaos aus. Mike und Björn erwachten aus ihrer Erstarrung und stürzten los. Es polterte und er selbst verlor den Halt, als er in Richtung der Kellertreppe rannte. Vor ihm in der Dunkelheit stießen zwei Leiber aufeinander.

„HAB DICH!", schrie die Stimme.

Er stolperte in das Handgemenge und prallte gegen einen massigen Körper. Er brachte ihn zu Fall. „Duck´ dich!", hörte er Mikes Stimme von hinten. Dann krachte etwas auf den massiven

Schatten, der vor ihm auf dem Boden lag. Er rappelte sich auf und sah Mike, der einen Knüppel schwang und ihn noch einmal knapp an seinem Kopf vorbei auf den Schattenmann sausen ließ.

Björn war schon fast oben. Auch er rannte los und nahm gleich mehrere Treppenstufen, als er nach oben stürmte. Er dachte an seine Finger, aber die könnte er später holen. Oben im Flur stieß er mit Björn zusammen. „Du und deine Scheißideen", zischte er ihn an. Dann wurde er von Mike weggeschubst, der aus dem Keller hochgestürmt kam und die Holztür hinter sich ins Schloss warf.

„Dem habe ich ordentlich was verpasst", brachte Mike keuchend hervor und ließ sich gegen die Kellertür fallen.

„Schau dir die Scheiße hier an", sagte er mit weinerlicher Stimme und hielt seinen Freunden die blutende Hand entgegen. „Ruft sofort einen Krankenwagen an!"

„Und die Bullen!", sagte Mike und raffte sich auf. Er kramte in seiner Tasche und zog sein Smartphone hervor. Während er telefonierte schaute sich Björn die Hand an.

„Krass!", stellte er fest.

„Krass? Du Arsch! Meine Finger sind ab! Und mein Scheiß-Smartphone müssen wir auch noch da unten rausholen!"

„Vergiss es, da kriegen mich keine tausend Pferde mehr runter", sagte Björn.

Mike hatte derweil einige Mühe, der Polizei ihre Situation zu erklären, aber schließlich beendete er das Gespräch und ließ das Handy sinken. „Man, war die Alte bescheuert! Hat mir kein Wort geglaubt, bis ich ihr ein Foto geschickt habe", sagte er und seine Stimme überschlug sich. „Wir sollen raus auf die Straße und dort auf den Krankenwagen warten. Los."

Dann krachte der Tod durch die Tür.

Mittlerweile wurden die Schatten auf der leeren Straße länger. Er hockte hinter dem Mäuerchen und beobachtete die Umgebung. Von dem Monster war nichts zu sehen, was ihn aber nicht wirklich beruhigte. Er musste jetzt seinen ganzen Mut zusammennehmen und loslaufen.

„KUCKUCK! WO BIST DU? LASS UNS WEITERSPIELEN!"
Gleichzeitig mit der grauenhaften Stimme hörte er in der ferne Martinshörner. Jetzt oder nie! Er sprang auf und rannte los.

„HÄSCHEN HÜPF!", hörte er die Stimme hinter sich. Weiterlaufen! Das Kapellchen, jetzt rechts. Da vorne, die Straße, keine fünfzig Meter mehr! Ganz am Ende der Straße sah er kleine blau zuckende Lichter, als er das Ortsschild erreichte. Dann traf ihn der Stein am Hinterkopf.

……

Er nahm wie durch einen Nebel wahr, dass Autotüren auf- und zugeschlagen wurden. Stimmen riefen durcheinander und ein Auto fuhr weiter in den Ort. Er fand sich auf einer Transportbahre wieder, Hände tasteten ihn ab. Seine Hand wurde verbunden, zum ersten Mal spürte er Schmerz und verlor kurz das Bewusstsein. Als er wieder zu sich kam, spürte er, dass der Krankenwagen schon fuhr. Neben ihm saß ein Sanitäter, der ihm den Rücken zugedreht hatte.

„Oh Mann, das war der Horror", murmelte er. „Diese Schmerzen bringen mich noch um."

„DIE NICHT, ABER ICH! KOMM, LASS UNS WEITER-SPIELEN!"
Dann wurde es schwarz um ihn und in ihm.

Ende

.

Mittsommernachtsliebe

„Ich warte auf dich", sagte der Junge. „Hier am Tor werde ich auf dich warten, bis du wiederkommst." Er versank in ihren Augen.
„Aber mach dir nicht zu große Hoffnungen", antwortete Elisabeth neckisch und drückte ihm einen Kuss auf die Nasenspitze. „Ich weiß nicht, wie lange ich weg sein werde."
Die Sonne befand sich auf dem späten Rückzug, die Schatten wurden länger. Ein angenehmer Abend. Mittsommer. Von der alten Backsteinmauer des Friedhofs ging eine beruhigende Wärme aus.
Er küsste sie auf die Stirn und ließ die Lippen tiefer wandern, bis sie ihre berührten. „Willst du wirklich nicht, dass ich dich nach Hause bringe? Oder gib mir wenigstens deine Telefonnummer. Ich weiß nicht einmal, wo du wohnst."
„Wir hatten eine Abmachung", antwortete sie mit fester Stimme. „Du wirst jetzt gehen. Dreh dich bitte nicht um. Geh zurück in die Stadt und vergiss mich nicht." Ihre Augen wirkten auf einmal traurig. Sie war ihm ein Rätsel. Er wusste nichts über sie. Und jetzt würde sie auch noch verreisen.
„Wie sollte ich dich je vergessen können?", begann er euphorisch. „Ich werde jeden Tag hier sein. Um acht bin ich da und warte auf dich."
„Danke, es ist schön zu wissen, dass jemand an dich denkt, wenn du einsam bist", antwortete sie leise.
„Du bist einsam?"
„Ab und zu schon. Aber genug davon. Die Sonne geht unter. Du musst jetzt gehen."

Und er ging. Wie er es ihr versprochen hatte. Die Brückstraße hinunter. In Richtung Innenstadt. Zum Markt.

Als er die Ecke Theodor-Körner-Straße erreicht hatte, schaute er sich doch um. Elisabeth war gegangen.

Er hielt sein Versprechen und stand am nächsten Abend am Tor des Alten Friedhofs. Und auch die Abende danach. Doch sie kam nicht mehr.

Als es im Winter kalt wurde, erlosch auch seine Sehnsucht langsam. Altweiber lernte er dann Susanne kennen. Neun Monate später kam Klaus zur Welt. Das Leben kroch langsam und unaufhaltsam voran wie der Berufsverkehr im Baustellenbereich. Urlaub in Italien. Eine neue Küche. Klausens Kommunion. Das Haus im Marienviertel. Klausens Lehrstelle. Susannes Abenteuer mit dem Kassierer des Tennisvereins. Klaus beim Bund. Die Wiedervereinigung. Fußballweltmeister. Klaus im Studium. Susannes Krebs. Susannes Tod. Die Alkoholsucht. Die Kur und Trockenlegung. Ein Leben eben.

Und wieder war Juni und wieder stand er vor dem Alten Friedhof. Frisch aus der Kur und voller Gedanken und Erinnerungen. Klaus lebte längst in der Schweiz und machte Karriere. Wie er da so stand, fiel ihm auf, dass er den alten Friedhof seit seiner kurzen Zeit mit Elisabeth gemieden hatte wie das Fegefeuer. Sein ganzes bisheriges Erkelenzer Leben lang hatte er ihn nicht mehr betreten. Damals, vor 30 Jahren, hatte er hier Elisabeth getroffen. Er hatte eigentlich nur irgendwo in einem lauschigen Eckchen des damals noch überwucherten Friedhofes in Ruhe ein Tütchen rauchen und Musik hören wollen. Frisch von der Schule und gerade getrennt von seiner Freundin hatte er Zeit.

„Hallo", hatte sie unvermittelt von hinten gesagt. Er konnte noch schnell die Blättchen und den Knubbel Dope wegstecken. Dann schaute er sie an. WOW, was für ein Gesicht! Mit großen fragenden Augen und einem sinnlichen Mund. Vom Typ her Gothic, schätzte er. Wegen der Klamotten. Sie verstanden sich auf Anhieb gut. Er erzählte von seiner Beziehung. Sie vom traurigen Ende ihrer Liebe. Ein Student. Aber wohl kein sehr treuer.

„Bist du deshalb hier?", fragte er und machte eine Armbewegung, die gesamte Umgebung und den steinernen Engel einschloss, vor dem sie standen.

„Ja."

Die nächsten Tage waren glücklich, frei und unbeschwert. Bis zu ihrem letzten Abschied.

Nun schlenderte er durch die mittlerweile gepflegte Anlage und schaute auf die eindrucksvollen Gräber. Einige waren noch unter dem Gestrüpp verborgen und warteten auf ihre Entdeckung. Andere waren schon vom Blattwerk befreit. Kleine Bodenplatten, die man angesichts der pompösen Kunst rundherum glatt übersehen würde. Doch sein Blick fand sie. Grau und umgeben von Blättern. Dann sah er die Platte. Mittig war ein Emaille-Bild angebracht. Es war alt und teilweise abgebröckelt. Es zeigte – Elisabeth. Das kann nicht sein, dachte er, trat näher und versuchte, die verwitterten Buchstaben auf der Platte zu entziffern.

„Elisabeth Kuyper. Geboren am 1. November 1843. Aus dem Leben gerissen am 26. Juni 1864", sagte eine brüchige Stimme hinter ihm. Er drehte sich um und schaute in die Augen eines alten Mannes. Gebeugt stand er da, eine Rose in der Hand, einen altmodischen Hut in der anderen.

„Wer sind Sie?", fragte er und richtete sich auf.

„Ist doch egal. Ein Freund von Elisabeth – wie Sie auch."

Sein Blick wanderte zwischen dem Alten und der Grabplatte hin und her. „Na, hören Sie mal. Diese Frau ist seit 130 Jahren tot. So alt sind noch nicht einmal Sie, oder?"

„Und trotzdem haben Sie monatelang draußen am Tor gestanden und gewartet, schätze ich mal. Genau wie ich vor fast 80 Jahren. Dann kam zum Glück bei mir der Krieg dazwischen." Er lachte und hustete dann leise. „Ich habe das Grab 1961 entdeckt, als ein Kamerad von der Ostfront beerdigt wurde. Heinz Jopen. Ein Jammer. Hat den Krieg ohne Blessuren überstanden. Sibirien auch. Und dann haut ihn der Blitz vom Dach, als er die Antenne ausrichten wollte. Scheißfernsehen, oder? Ich verabscheue diesen neumodischen Kram. Wie steht es mit Ihnen?"

Er schaute den alten Mann verwirrt an. Dann beugte er sich noch einmal vor und betrachtete die Reste des ovalen Emailbildes. Auf das vertraute und so lange verschollene Gesicht seiner Elisabeth.

„Ja, aber … wie-"

„Ich weiß es von Janses-Günter. Der hat es mir vor ein paar Jahren in Bruchstücken erzählt."

„Janses-Wer?"

„Günter. Aber das war lange vor Ihrer Zeit. Ich kannte den schon nur noch als alten Mann. Hat noch den ersten Weltkrieg mitgemacht, der Günter. Er hat sich mir mal anvertraut, nach einer Vorstandssitzung des SC. Wir hatten beide ein wenig zu viel getankt und die Stimmung war danach."

„Hat er auch …?"

„Mit ihr? Oh ja. Und auch Beckers-Jupp, Konopkas-Herbert und Meulens-Hubert. Der ist vor 20 Jahren gestorben, alt wie ein Ackergaul. Obwohl er immer geraucht hat. Muss in den Genen liegen, die werden alle so alt in seiner Familie."

„Sie wollen mir erzählen, dass hier eine junge Frau liegt, die seit 130 Jahren in der Mittsommerzeit junge Erkelenzer abgreift und sie … vernascht?" Seine Stimme klang zu hoch, hysterisch und wütend.

„So hätte ich das jetzt nicht ausgedrückt, aber insgesamt trifft es den Kern."

„Aber was ich damals erlebt habe, war so …"

„Einmalig? Oh ja."

„Und unvergesslich."

„Wem sagen Sie das."

„Für Sie auch."

„Natürlich."

„Und für Janses-Günter."

„Und ihn, genau. Und wer weiß wen noch. Doch vielleicht darf ich Sie einladen, gemeinsam mit mir dieser wunderbaren Frau zu gedenken? Ich schaffe es nicht so oft bis hier raus. Die Knochen machen nicht mehr so mit, wissen Sie?"

Gemeinsam standen sie an der Grabplatte, versunken in Erinnerungen. Warm und sehnsuchtsvoll. Dann gaben sie sich einen Ruck.

„Kommen Sie, gehen wir noch ein Stück", sagte der alte Mann, hakte sich unter und zog ihn weg.

„Was wissen Sie über die Geschichte?", fragte er.

„Nicht viel. Was man so im Laufe der Jahre hört. Lassen Sie mich mal überlegen. Sie war die Tochter eines hohen Beamten. Und Hals über Kopf verliebt in einen jungen Studiosus. Das war wohl nicht im Sinne der Eltern. Anscheinend wollten die beiden gemeinsam fliehen. Doch zum verabredeten Zeitpunkt stand sie allein da. Hier am Tor. Der Herr Student hatte das Weite gesucht. Das hat ihr wohl das Herz gebrochen. Denn eine Woche später hat sie sich auf dem Speicher aufgehängt."

„Nein!"

„Doch! Kurz nach der Beerdigung fingen auch schon die ersten Gerüchte an. Man munkelte dies und das und der Pastor soll sich schon über Teufelsaustreibungen informiert haben."

„Nein!"

„Na, wenn ich´s Ihnen doch sage. Aber die armen Kerle waren ja nicht vom Teufel besessen, sondern von der Liebe. Und die kann man nicht austreiben. Die muss von selbst zugrunde gehen."

Am Tor angekommen, wendeten sie sich stadteinwärts und schlenderten an einem jungen Mann vorbei, der auf seinem Motorroller saß und die Straße beobachtete. Sie mussten grinsen. Hoffentlich war es noch nicht seine letzte Nacht mit Elisabeth, dem verliebten Mädchen.

Ende

Der folgende Text entstand ebenso wie „Komm, lass uns spielen" und „Mittsommernachtsliebe" zunächst für die von mir ins Leben gerufene Mittsommernachtslesung auf dem Alten Friedhof an der Brückstraße in Erkelenz. Soweit ich weiß, finden die Lesungen noch heute immer rund um die Sommersonnenwende Ende Juni statt. Sitzgelegenheiten und Getränke sollte man mitbringen.

Stürmer-Jupp und die letzte Nacht

Josef Kuypers stand vor den Resten des Rathauses. Es hatte ordentlich was abbekommen in den letzten Monaten. Nach dem Endsieg würde man viel Geld brauchen, bevor es wieder so aussehen würde wie früher.

Endsieg.

Bei dem Wort musste selbst er grinsen. Das hatten sie wohl gehörig vergeigt. Der Krieg war bis nach Erkelenz gekommen. Der Ami stand schon diesseits der Rur und beherrschte den Himmel über dem Erkelenzer Land seit Monaten. Vier große Angriffswellen hatte es gegeben. Seit Oktober `44 bombten sie die Stadt kaputt und tagsüber schossen die Jagbomber auf jeden, der sich auf die Straße wagte. Vor drei Tagen hatte es die letzte Angriffswelle gegeben. Dutzende Erkelenzer waren gestorben. Mittlerweile war die Stadt so gut wie leer. Die Parteibonzen hatten sich schon im vergangenen Herbst ihre Führerbüsten unter die Arme geklemmt und bei Nacht und Nebel aus dem Staub gemacht. Der Bürgermeister Gustav Meyer hatte ihm in einer letzten Amtshandlung die vorläufige Verantwortung übergeben. „Kein Problem, Jupp", hatte er gesagt und ihm die Hand auf die Schulter gelegt. „Wir sind in wenigen Wochen wieder da. Oder glaubst du, der Führer lässt sich von denen ins Bockshorn jagen?" Dann hatte er es eilig gehabt und mit der untergehenden Sonne war sein Wagen in der Dunkelheit verschwunden. *Feige Sau*, dachte Kuypers. Aber er hatte die Stellung gehalten und hatte mit den verbliebenen Soldaten seine Ordnung aufrecht gehalten. Immerhin hatte er geholfen zu verhindern, dass sie den Turm von St. Lambertus sprengen, um besser auf die Stellungen der Amis schießen zu können. Das war ihm dann doch zu viel. Und dann waren auch die Soldaten auf einmal weg. Mit Sack und Pack verschwunden. Jetzt waren nur noch er und ein paar Männer vom Volkssturm übrig, um die Stadt zu verteidigen. *Als ob es hier noch was zu verteidigen gäbe*, dachte er grimmig und schaute sich um. Viel war von seinem Erkelenz nicht mehr übrig, für das es zu sterben lohnen würde. Und je mehr die Stadt im Schutt versank, desto mehr keimte der Widerstand bei den Überlebenden auf. Man begegnete ihm nicht mehr mit demselben Respekt wie früher. Todesangst macht scheinbar rebellisch. Gestern musste er selbst Hand anlegen und in Terheeg einen holländischen Zwangsarbeiter erschießen. Wegen zehn Kartoffeln, die man in seiner Manteltasche gefunden hatte. Nicht einmal für die Drecksarbeit gab es noch genug Uniformierte. Wenigstens waren die Kettenhunde noch in der Nähe und gingen gegen Plünderer und Deserteure vor. In Venrath hatten sie einen Bauern erschossen, der weiße Bettlaken aus den Fenstern gehängt hatte. Paul Vieten hieß er. Nun hing er aufgeknüpft an einer Straßenlaterne und an seinem Hals baumelte ein Pappschild. Geschah ihm recht. Wo käme man denn hin, wenn jeder Hasenfuß die Flinte ins Korn werfen würde, sobald es mal eng wird? Er hatte ihnen den Tipp gegeben. Selbst wollte er ihn nicht erschießen, denn seine Frau stammte aus Venrath. Und man wusste ja nicht, von woher der Wind nach dem

Krieg wehen würde. Er war zwar mit Vietens Paul zur Schule gegangen, aber angesichts des Feindes kannte er längst keine Freunde mehr. Und weil die Partei offiziell nicht mehr existierte in Erkelenz, war er jetzt die Macht. Zumindest für kurze Zeit. Und die hatte er gemeinsam mit den Greifkommandos der Militärpolizei genutzt, um den Wehrzersetzern die Vorfreude auf ihre sogenannten Befreier zu verderben. Dass die Amis morgen oder spätestens übermorgen hier sein würden, konnte auch er nicht verhindern. Dabei hatte er sein ganzes Leben für die Bewegung und die Partei gearbeitet. Zu Beginn hatte er im Saalschutz bei etlichen Schlägereien gezeigt, dass man sich auf ihn verlassen konnte. Dann war er zu alt geworden für die Prügeleien und hatte sich etwas aus der aktiven Parteiarbeit zurückgezogen. Es gab auch hinter den Kulissen etwas zu tun für einen treuen Parteigenossen und aufrechten Deutschen. Er spitzelte, lauschte und denunzierte sich in der Parteihierarchie immer weiter nach oben. Seinen Spitznamen „Stürmer-Jupp", den er nicht ohne Stolz trug hatte er sich redlich verdient, weil er das gleichnamige Parteiorgan an die Mitglieder verteilt und abkassiert hatte. Und jetzt stand Stürmer-Jupp allein in der dunklen Trümmerlandschaft, zu der seine Heimatstadt geworden war. Langsam musste auch er sich etwas ausdenken, denn wenn die Amis kamen, würde es ungemütlich für ihn. Hier waren noch einige, die ein Hühnchen mit ihm zu rupfen hatten. Konnte ja auch keiner ahnen, dass alles so scheiße auskommen würde.

Er riss sich vom Anblick des Rathauses los und ging in Richtung Horst-Wessel-Straße. Gleich nach der Machtergreifung hatten sie damals die Brückstraße nach dem Helden der Bewegung umbenannt. Viel war jetzt nicht mehr übrig von der Straße. Um ihn herum herrschte Totenstille. Aus der Ferne wehte leiser

Geschützdonner zu ihm herüber und ließ die Stille in Erkelenz noch gespenstiger erscheinen. Er vergrub die Hände in den Manteltaschen und zog die Schultern hoch. Die Kälte kroch langsam unter seinen schweren Mantel. Er ging die Straße hinauf, vorbei an Mauerresten einstiger Geschäfte und Wohnhäuser. Auf Höhe des Bleidt-Hauses blieb er plötzlich stehen. War da was? In der gespenstigen Stille hatte er deutlich ein Geräusch gehört. Es kam aus der Ruine des ehemaligen Ladens. Da hat sich einer versteckt und wartet, bis die Luft rein ist. *Na warte, du Ratte*, dachte er grimmig. Automatisch nestelte seine Rechte die Pistole aus der Lesertasche an seinem Gürtel. Sicher wieder ein Deserteur, der warten wollte, bis die Amis da sind, um sich dann feige zu ergeben. *Aber hier wird nicht gekniffen, mein Freund,* dachte er und machte mit gezogener Waffe vorsichtige Schritte in Richtung des Gebäudes, aus dem das Geräusch gekommen war. Vorsichtig stieg er über die Reste der einstigen Haustür, die ihrer Form beraubt noch in den Angeln hingen. Tatsächlich: An einem Nagel fand er ein Stück Uniformstoff. *Hier ist er rein, dann mal los.* Schon war Kuypers im Gebäude. Glas knirschte unter seinen schweren Stiefeln. Er horchte in die Dunkelheit. Nichts! *Sicher macht der sich jetzt vor Angst in die Hose*, dachte er und grinste. Vorsichtig machte er ein paar weitere Schritte nach vorne – und fiel!

Hart kam er unten zwischen Steinen und Schutt auf. „Aaaah, Scheiße!", entfuhr es ihm. Dann schaute er sich um. Alles dunkel. „Ist da wer?", rief er in den Raum und tastete auf dem Boden nach seiner Pistole. Plötzlich ging ein Streichholz an. Eine schemenhafte Hand führte es zu einer Kerze und entfachte den Docht. Er fühlte den Griff der Pistole und umschloss ihn mit der Hand. Der Lichtschein der Kerze schien sich in die Dunkelheit zu fressen, bis das Gesicht eines Mannes erschien. Auf dem Kopf trug er eine Militärmütze.

„Du?" Kuypers kniff die Augen zusammen und entsicherte gleichzeitig die Waffe. Er richtete sie auf Eugen Paffendorf, seinen ehemaligen Nachbarn. „Schau an, schau an", begann er und stand mühsam auf. „Wen haben wir denn da? Wie hat es dich in dieses Loch verschlagen?"

„Ich …"

„Was? Du wolltest dich vom Acker machen, stimmt´s? Warten, bis die Amis kommen und dann das weiße Schnupftuch schwenken, stimmt´s?"

„Hör zu, Josef …"

„Für dich immer noch Herr Kuypers, du Feigling! Wegen Gestalten wie dir sind wir jetzt in dieser Situation! Und da wagst du es, mich zu duzen?"

„Gestalten wie mir, soso", wiederholte Paffendorf ironisch und rappelte sich auch auf. Für einen Moment verschwand sein Körper aus dem Lichtschein der Kerze. Küppers spannte den Hahn.

„Gestalten wie ich, die in Frankreich und in Russland ihre Knochen hingehalten haben für deinen Führer, während du hier herumstolziert bist und euer Schmierblatt verteilt hast – *Stürmer-Jupp*." Die letzten Worte trieften vor Verachtung und hingen schwer in der Luft. „Gestalten wie ich, die gemordet haben und in deren Armen die Kameraden verreckt sind. Weißt du, wie lange jemand leidet, der einen Bauchschuss abbekommen hat? Weißt du das, *Stürmer-Jupp*? Nein, das kannst du gar nicht wissen. Denn deine Kriegserfahrungen hast mit dem Finger auf der Landkarte gesammelt, stimmt´s?"

„Pass bloß auf, Bürschchen, sonst …"

„Sonst was? Erschießt du mich? Mann, darauf kann ich so was von scheißen. Ich bin sowieso fertig. Am Ende, verbrannt. Ein lebender Toter." Paffendorf breitete die Arme aus und stellte sich in Position. Er wartete.

„Komm schon, Jupp. Du hast dich sicher schon darüber gelesen, wie das geht. Zu zielen brauchst du nicht, ich halte still. Oder lieber Genickschuss? Wo soll ich mich hinknien?" Seine Stimme wurde geschäftsmäßig. „Ich erzähl' dir mal was, mein lieber Stürmer-Jupp", begann er. „Ich hab mich bei der Schlacht um Aachen abgesetzt. Als Wilck kapituliert hat, war ich schon längst unterwegs. Immer nachts. Hab mich oft tagelang versteckt. Im Wald unter Laub eingegraben und in Ruinen wie dieser kampiert. Und dich habe mich umgeschaut. Es ist kein schöner Land, in dieser Zeit, das kannst du mir glauben."

„Warum erzählst du mir das?", blaffte Kuypers. „Du bist ein Verräter und Feigling, so sieht´s aus. Hast du nicht etwa deinen Eid auf den Führer geschworen?"

„Eid … *pfffft*", Paffendorf schnaufte verächtlich. „Hat er nicht auch einen Eid auf uns geschworen, damals? Und hast du dich mal umgeschaut, was draus geworden ist, Herr Parteigenosse Stürmer-Jupp? Ich wollte nur noch zurück zu Luise und den beiden Jungs. Aber sie sind tot. Verbrannt. Also ist meine Flucht hier beendet." Er bückte sich und streckte Küppers seinen Hintern entgegen. Auf dem Boden wischte er ein paar Brocken zur Seite, dann kniete er sich hin. „Weißt du, wie Menschen riechen, die bei lebendigem Leib verbrennen? Weißt du, wie die sich anhören? Was sie schreien in ihrem Schmerz? Weißt du das? Die Juden im Warschauer Ghetto haben gesungen, als wir mit den Flammenwerfern anrückten. Kannst du dir das vorstellen? Die haben gesungen!"

Kuypers musste schlucken. Das war jetzt aber gar nicht so, wie er sich das vorstellte. Konnte der Scheißkerl nicht wenigstens um sein Leben betteln, wie es sich gehört? So, wie der verdammte

Holländer gestern. Der hatte geheult und sich in die Hosen geschissen, dass es eine wahre Pracht war. Da fällt es viel leichter abzudrücken.

„Auf geht´s, Jupp, lass´ es krachen", sagte Paffendorf aufmunternd und zog sogar seinen Mantel aus. Denn der gehörte laut Dienstvorschrift dem Deutschen Reich und musste von seinem Träger sorgsam behandelt und vor unnötigen Beschädigungen geschützt werden. Ebenso der Waffenrock darunter, den er umständlich aufknöpfte, bevor er ihn auszog und zu dem Mantel legte.

Stürmer-Jupp stand da mit der Pistole im Anschlag und auf Paffendorfs Rücken gerichtet. Der Paffendorf, mit dem er beim SC 09 in der Abwehr gespielt und in der Kirche heimlich den Messwein ausgesoffen und dann durch Essig ersetzt hatte. Das war ein Gelächter, als der Pfaffe am Altar anfing zu spucken und zu zetern. Das waren noch Zeiten und Paffendorf war damals ein feiner Kerl. Auf einmal tat er ihm leid. Wegen Luise und den Jungs. Wegen der letzten Jahre, in denen er von Front zu Front gehetzt worden war, während er sich hier selbst als *unabkömmlich* eingestuft hatte, als der Marschbefehl eintrudelte. Wegen der Verbrechen, die sie ihn gezwungen hatten zu begehen. Kuypers kratzte sich mit der Linken am Kinn. Paffendorf hatte eigentlich eine Chance verdient. Morgen oder spätestens übermorgen würden die Amis kommen und er könnte unbehelligt rausmarschieren. Den hielt keiner für einen Nazi, so jämmerlich wie der aussah. Ausgemergelt und zerlumpt. Den würde niemand aus Zufall abknallen … Den nicht. *Aber mich …*

In Jupps Kopf machte es klick und keine Sekunde später bellte die Waffe in seiner Hand los. Paffendorf kippte wie ein nasser Sack nach vorne. Dann ging alles ganz schnell. Der Stürmer-Jupp riss sich seine Kleidung vom Leib und machte sich über die Leiche seines ehemaligen Freundes her. Die Stiefel würde er noch brauchen können. Dann schlüpfte er in Jacke und Mantel des Toten. Beide ein bisschen eng für seinen Heimatbauch. Aber morgen oder übermorgen würde er mit erhobenen Händen aus dem Keller kommen und sich lächelnd den Siegern stellen. Und er würde ohne Strafe ausgehen, denn er war ab jetzt Paffendorf – der Deserteur. Familie hatte der ja keine mehr und seine Einheit war bei Aachen aufgerieben worden. Niemand würde behaupten können, er sei nicht Eugen Paffendorf. Der gebrochene Held und Kriegsheimkehrer. Der, der vom Schicksal schon genug bestraft worden war.

Mach's gut, Jupp. Auf nimmer wiedersehen, dachte er und zupfte an dem Mantel herum, nachdem er sein neues Soldbuch in der Brusttasche verstaut hatte.

Dann unterbrach eine laute Stimme die feierliche Stille: „Wer immer da unten ist – sofort rauskommen! Bei drei schmeiße ich eine Handgranate runter. Eins, zwei …"

In den Morgenstunden des 26. Februar erreichten die ersten Panzer der 102. US-Infanterie-Division Erkelenz. Sie fanden eine nahezu verlassene Stadt vor. Die letzten Verteidiger hatten sich aus dem Staub gemacht oder ergaben sich erleichtert den Amerikanern. Als die Soldaten die Reste der Stadt durchkämmten, fanden sie um die Ecke am Rathaus auch die schrecklich zugerichtete Leiche eines namenlosen Deserteurs. Zur Abschreckung hatten ihn die Schergen der SS an einen Laternenpfahl gehängt, nachdem sie ihn fürchterlich zugerichtet hatten. Um seinen Hals baumelte ein Pappschild. Er wurde auf dem Friedhof neben der Leiche eines holländischen

Zwangsarbeiters verscharrt, den man zwei Tage zuvor wegen einer Hand voll Kartoffeln erschossen hatte.

Den Namen von Josef Kuypers sucht man heute vergeblich auf einem der Gedenksteine für die Opfer des Weltkrieges. Er wurde einfach vergessen.

Ende

Wiedersehen mit Erika

„Ach, das hätte ich mir viel unangenehmer vorgestellt, das mit dem Sterben", dachte Hajü, als er auf dem Steinfußboden aufschlug. Normalerweise müsste schon das ziemlich wehtun, aber es ging. Eher wie ein Schlag mit dem Kissen bei der Kissenschlacht. Er war in Watte eingepackt und empfand es als ganz angenehm.

„Na, so lässt sich angenehm tot sein", dachte er weiter und er überlegte, ob er sich jetzt von seinem Körper lösen und herumschweben würde. Das hatte er mal in einem Film gesehen mit diesem schwarzen amerikanischen Schauspieler, der immer Gott spielt.

Wenn das jetzt wie in dem Film wäre, würde er herumgehen und manche wunderliche Sache entdecken können. Dann würde er diesen Schauspieler treffen, der würde rätselhaftes Zeug von sich geben und alles wäre strahlend weiß. - War es aber nicht. Es war alles überhaupt nichts. Er wusste ja nicht einmal, ob er gerade wirklich aktiv dachte, dachte er noch und kam zu dem Entschluss, dass er sich gleich beim Erstbesten beschweren würde, der ihm über den Weg liefe.

„Und wenn es der Schauspieler-Gott war … Mensch, wie heißt der denn noch?", grübelte er. „Ich kann ja wohl schlecht aufs Geratewohl sagen: *Tach, Gott, wie geht's, wie steht's*. Am Ende ist das gar nicht Gott sondern der Schauspieler ist auch frisch gestorben und lungert hier rum, bis er weiß, wie es weitergeht. Na, das wäre peinlich."

Es war ganz schnell gegangen. Eben noch hatte er in der Schlange an der Wursttheke gestanden und sich mit dieser rotzfrechen Person gestritten, die ihm ihren Einkaufswagen in die Hacken gerammt hatte. Als ob es davon schneller gehen würde. Blöde Kuh. Und dann. Ja, dann hatte er auf einmal so ein komisches Gefühl in der Brust gespürt, wie ein Stich, hatte keine Luft mehr bekommen und das Gefühl, jemand schnüre ihm den Hals zu. Da war ihm sofort klargewesen: *Hajü, du stirbst. Das war's.*

Jetzt wartete er auf den Film seines Lebens, der angeblich vor den Augen der frisch Verstorbenen vorbeizieht. … Pustekuchen …

„Alles muss man selber machen", dachte er und kramte in seinem Kopf nach schönen Erinnerungen.

Ein bisschen aus der frühen Kindheit, ein bisschen Schule, die erste Liebe, der Kreispokal … - Plötzlich wurde er unterbrochen.

„Schau an, Hans-Jürgen, da bist du ja endlich", hörte er eine Stimme. Das war nicht Gott! Ganz und gar nicht. Das war – das ist – Erikas Stimme. Unmöglich, die ist schon lange …

Tot? Stimmt, Erika ist schon lange tot. Klar, und er war es jetzt auch. Verdammt. An sie hatte er gar nicht gedacht in seiner Revue der schönen Momente. Woran auch? Die ewigen Streitereien, die Belehrungen, was er gefälligst tun und was er lassen sollte. Was er essen durfte und was nicht. Was er denken sollte und was lieber nicht. Und dann ihr blödes Lachen. Wie ein Mastschwein mit Atemnot. CChhrrrr-CChhhhrrrr … Oh, Gott, nicht Erika! Er war sich so sicher gewesen, sie endgültig los zu sein.

Deshalb war in seinem Film auch keinen Szene mit Erika vorgekommen. Den Film, ja, den konnte er jetzt auch vergessen...

Erika trat aus dem Nebel auf ihn zu und schaute von oben auf ihn herab. Sie lächelte. So, wie sie damals in die Kamera gelächelt hatte. Auf dem Felsvorsprung am Walser Joch. Bei ihrer

Versöhnungsreise. Er hatte mit dem Objektiv gespielt und ihr Gesicht immer unschärfer gemacht.

„Nun mach schon", hatte sie gequengelt und sich die Haare aus dem Gesicht gestrichen.

„Eine Moment noch. Geh noch ein kleines Stück zurück. Ja. Jaa. Noch eins."

„Bist du sicher, dass …-

Mit einem Schrei hatte sie sich selbst unterbrochen und war in Sekundenbruchteilen aus dem Blickfeld und der Kamera verschwunden.

„Ups", hatte er gesagt und sich ein bisschen näher an die Bergkante gewagt. Tatsächlich. Gut hundert Meter tiefer hatte er einen hellroten Fleck gesehen. Hellrot wie ihr Kleid, das sie sich extra für die Reise gekauft hatte.

Naja, hatte er gedacht. *Dann kann man sie wenigstens später besser finden.*

Dann hatte er sich umgeschaut und den Reisebus gesehen. Sofort hatte er mit den Armen gewedelt und nach Hilfe gerufen. Damals war alles glatt gegangen. Zumal man in ihrem Blut später eine ordentliche Menge an Alkohol und Pillen gefunden hatte.

Wie die da wohl reingeraten waren?

Es war ihm so viel besser gegangen ohne sie. Er hatte sich keine neue Erika gesucht. Warum auch? Er war doch froh, das alte Modell los zu sein. Nein, er hatte sich selbst genügt. Seine neue Freiheit genossen und einen Bogen gemacht um rote Lippen und blonde Haare. Er hatte die Dinge so erledigt, wie er sie wollte. Das reichte ihm. Er hatte gelacht, wann er wollte und gedacht, was er wollte und er hatte gegessen, wonach ihm gerade der Sinn stand. Zumindest bis Dr. Geissler ihm wegen seines Cholesterinspiegels eine strenge Diät verordnet hatte. Egal, auch die hatte er gerne auf sich genommen. Es war ja alles nur noch halb so schlimm, seit

Erika hellrot flatternd in den Alpen hundert Meter Höhenunterschied in wenigen Sekunden absolviert hatte.

Und jetzt das. Kaum war er tot, war sie schon wieder da. Und lachte. Über ihn. CChhhrrr-CChhhhrrrr. Von wegen der amerikanische Schauspieler als Gott. Nein, Erika war sein himmlisches Empfangskomitee. So eine Scheiße!

„CChhhrr-CChhhrrr! Hans-Jürgen, du bist noch genau so ein Vollidiot wie früher", sagte Erika – oder ihr Geist - und beugte sich ein wenig zu ihm herunter. „Hab´ ich dir nicht immer gesagt, dass dich das viele fette Schweinefleisch noch einmal umbringt? Und jetzt sieh´ dich an. Aufgedunsen und unappetitlich schaust du aus. Kein Wunder, dass ich dich nicht wirklich vermisst hatte, seit ich tot bin. Und trotzdem freue ich mich, dass du endlich da bist, mein Hans-Jürgen. Du kannst dir sicher denken, dass ich ein Hühnchen mit dir zu rupfen habe."

Er hätte gerne einen Kloß runtergeschluckt, der ihm den Hals zuschnürte. Aber da gab es nichts zu schlucken. Wie auch, er war ja tot.

Erika hatte sich wieder aufgerichtet und ging gemächlich um ihn herum.

„Mein Gott, man braucht ja einen halben Tag, um dich Specktonne zu umrunden, unglaublich."

Dieser verhasste Tonfall, mit dem sie alles kommentiert hatte. Und dann das Wort. „Un-glaub-lich".

Er nahm sich vor, ihr eine reinzuhauen, sobald er sich bewegen konnte. Und dann würde er sich bei Gott beschweren. *Was soll denn so was?*

„Weißt du, Hans-Jürgen", begann Erika erneut. „Du kannst dir nicht vorstellen, was mir durch den Kopf ging, als ich auf einmal keinen Boden mehr unter den Füßen hatte. Un-glaub-lich! Dein zufriedener Blick verfolgte mich den ganzen Weg bis nach unten.

Ganz ehrlich, ich hätte mir ein bisschen mehr Schock oder Panik gewünscht. Aber du, du hast so selig dreingeschaut wie sonntags vor dem Schweinebraten, dass mich das wirklich getroffen hat. Du bist so unsensibel, das warst du schon immer. Weißt du, dass alle Freundinnen mich damals vor dir gewarnt haben? Sogar deine Cousine Maria hat gesagt: *Der Hajü*, hat sie gesagt, *der Hajü ist kein Mann für dich. Der ist so ... eklig*. Ja, ich bin mir sicher, sie hat *eklig* gesagt. Hätte ich doch nur auf sie gehört. Aber ich war dumm und verliebt. Un-Glaub-Lich!"

Bei „Un-glaub-lich" war er wieder eingestiegen. Er hatte über den genauen rechtsverbindlichen Sinn der Worte „Bis das der Tod euch scheidet" nachgedacht. Er hatte immer geglaubt, er sei mit Erikas Tod aus der Sache raus gewesen. Aber Pustekuchen, die Sache stellte sich scheinbar anders dar. Und da er ja nun allem Anschein nach auch tot und Erika trotzdem immer noch da war, hegte er Zweifel, ob wirklich „Tod" im Sinne des allgemeinen Sprachgebrauchs gemeint war und weshalb man auf diese inhaltliche Diskrepanz nicht vorab hingewiesen wurde. Das würde alles auf den Tisch kommen, sobald er hier jemanden von der Verwaltung gefunden hätte.

Erika beugte sich wieder über ihn und nahm ihn ins Visier. An seinem Körper, den er bislang noch gar nicht gespürt hatte, regte sich auf einmal etwas. Erikas Gesicht kam näher und langsam öffnete sie die Lippen. *Die wird doch nicht etwa ... Oh Gott, nein!!* Erikas Lippen berührten seine erneut, als ihm der Geduldsfaden riss.

„Was willst du dämliche Kuh eigentlich von mir? Lass mich doch endlich in Ruhe, verdammt nochmal! Hast du es immer noch nicht kapiert?"

KLATSCH!!

Das fühlte sich nicht nach einem Kuss an. Zum Glück. Eher nach einer Ohrfeiger, und was für einer!

„Haben Sie das gehört? Eine solche Unverschämtheit! Da rettet man diesem Arschloch das Leben und zum Dank beschimpft er einen!"

Es war nicht Erikas Stimme. Zum Glück.

„Na warte, Freundchen, nicht mit mir!"

Hajü erkannte die Frau. Sie hatte eben noch in der Schlange hinter ihm gestanden und den Einkaufswage in die Fersen gerammt.

Was macht die über mir? Und warum schlägt die mich?

Dann dämmerte es ihm. Er war dem Tod und vor allem Erika noch einmal von der Schippe gesprungen. Mit Hilfe dieser wunderbaren und wütenden jungen Frau, die noch einige Male auf ihn einschlug, bis sie ruckartig nach hinten aus seinem Gesichtsfeld verschwand.

Ersetzt wurde sie von Männern in orange-gelben Westen.

„Vielen Dank, junge Frau, jetzt sind wir dran. Backpfeifen verteilen können wir auch gut."

Erika war verschwunden.

„Alles klar, die Profis übernehmen", dachte er zufrieden und nahm sich vor, zukünftig sehr sehr gesund und möglichst lange zu leben.

Ende (von wegen …)

Ein Gläschen in Ehren – Hundspetersilie II

„Mensch, Willi, mit dir trink ich immer noch am liebsten!"

„Na dann. Prosit."

„Na, nun stell dich mal nicht so an. Ich kann doch nichts dafür, dass ich dir damals mit deiner Hundspetersilie auf die Schliche gekommen bin, mit der du deine Gattin ins Jenseits befördert hast. Hättest die Spuren schon besser verwischen sollen."

„Wenn du meinst. Nimm noch einen. Prosit!"

„Das nenne ich einen anständigen Verlierer. So, einen nehm ich noch. Hast du den Scheck fertig? Du weißt, Schweigen kostet eben."

„Schon okay. Hier, noch einen auf den Weg."

„Jepp, Prost, altes Haus. Sag mal, der Whisky schmeckt erdig, als ob da was drin wäre."

„Geriebenes Glas."

„Bitte?"

„Geriebenes Glas. Davon hast du jetzt genug im Magen, um an inneren Blutungen zu verrecken. Prost."

Das wollte ich immer schon einmal verwenden. Der Satz stammt aus den Gespenster-Geschichten, einem meiner Lieblings-Comics aus den 70ern. Leider oder zum Glück gibt es das nicht mehr. Den Text habe ich eigens für eine Lesung geschrieben. Deshalb die Einbeziehung der Hörer/Leser.

Figur-Probleme

Die Figur lag vorne am Eingang. Unauffällig, aber für mich erschreckend. Denn ich weiß, was das bedeutet.

Deshalb möchte ich Ihnen etwas über diese Figur erzählen.

Sie war aus einigen Strohhalmen geformt und bestand am oberen Ende aus einer Schlaufe für den Kopf, um deren Ansatz zwei Abzweigungen die Arme andeuteten. Sehr zurückgenommen und von der Form her bekannt. Aus Dokumentationen im Fernsehen und aus meinen Erinnerungen an Weihnachten und meine ersten selbstgebastelten Dekorationen für den Weihnachtsbaum. Das Christkind. Denn das sollte es sein. Aber meine Schwester Dagmar hatte darüber gelacht.

„Das sieht ja wie neulich das Hexenzeugs aus dem Naturkundemuseum aus", hatte sie gesagt.

Einige Tage zuvor waren wir mit der Schule in einem Museum gewesen, wo auch Sachen ausgestellt worden waren, die die Steinzeit-Leute hinterlassen hatten, bevor sie ausgestorben sind.

Bei Dagmar hatte der Besuch damals anscheinend bis auf die kleinen Figuren keinen großen Eindruck hinterlassen. Ich erinnerte mich an sie. Statt aus Stroh waren sie aus Holz geschnitzt und auf den Täfelchen daneben stand irgendwas von Druiden und dem Glauben an heilige Kräfte.

Ich weiß nicht, ob ich mich daran erinnert hatte, als ich aus dem Stroh keinen Stern bastelte, sondern diese seltsame Christkind-Figur.

„Wenn es das sieht, versteht das Christkind garantiert, dass ich dich für einen Volltrottel halte. Und dann dürfen Mama und Papa mich auch nicht mehr bestrafen, wenn ich das laut sage. Was meinst du?"

Naja. Dagmar war damals zwei Jahre älter und auch noch stärker als ich. Also fand meine Figur nie den Weg an den Weihnachtsbaum.

Nicht in diesem Jahr und auch in keinem späteren. Schließlich wollte ich es mir ja nicht beim Christkind verscheißen.

Und obwohl sie nie zum Einsatz kam, lag die kleine Strohfigur immer zwischen den anderen Weihnachtssachen.

In dem alten Karton von Quelle, in dem meine Mutter irgendwann einmal einen Wintermantel zugeschickt bekommen hatte. Das musste lange her gewesen sein, denn der vergilbte Adressaufkleber wies sie noch als „Fräulein" vor ihrem Mädchennamen aus.

Zurück zu Dagmar: Ich hatte mich da wohl in was reingesteigert. Denn einige Wochen lang hasste ich meine Schwester wie den Leibhaftigen selbst.

Und ich saß im Gartenschuppen und bastelte eine Figur nach der anderen, während ich sie inständig hasste.

Die Figuren habe ich dann verbrannt. Das klingt bescheuert. Aber es half meinem angekratzten Ego.

Meinen Hass auf Dagmar hatte ich zum Glück schnell vergessen. Doch die Wochen rund um Weihnachten quälte er mich schon arg. Und dann ein paar Monate später, als ich sie im Wald fand – da war er wieder da. In meinem Kopf . Und zusammen mit dem Schuldgefühl.

Ich war damals neun Jahre alt. Sie lag unter einem Baum in der Nähe des Waldweges. Ich sah sie da liegen.

Ihre Augen waren weit geöffnet und sie schaute zum Baum hoch. Mein Blick folgte ihrem.

Da sah ich sie in den Ästen hängen - die kleine Figur vom Speicher. Ich weiß nicht, ob ich in dem Moment etwas gedacht habe. Ich rannte los. Nach Hause, um Hilfe zu holen.

Doch für Dagmar kam jede Hilfe zu spät.

Jemand hatte ihr das Genick gebrochen, sagte Mama später. Von der kleinen Figur sagte sie nichts. Und als ich mich später wieder an die Stelle traute, um nachzusehen, war sie verschwunden.

Nach einigen Wochen schlich ich mich auf den Speicher und schaute in dem Quelle-Karton nach.

Da lag sie! Zwischen ein paar Strohsternen.

Als wäre sie nie weg gewesen. Wer hatte sie aus dem Wald geholt und wieder dorthin gelegt? Mama? Oder war sie tatsächlich nie weg gewesen?

Nun, Jahre vergehen. Die Trauer um Dagmar wurde zum Alltag und das Leben ging weiter. Ich vergaß die Puppe. Dann kam die Sache mit Michael.

Ein Kollege in der ersten Firma nach der Schule. Ich war Auszubildender und er sah in mir so etwas wie ein geborenes Opfer.

„Das ist normal, da mussten wir alle durch", sagte mein Vater.

Der Chef bot mir an, mich an die Luft zu setzen. Denn einen wie den Michael könne man nicht so leicht entbehren wie einen Azubi, der beim kleinsten Witz zu heulen anfängt.

Naja, ich hatte damals wirklich eine schlimme Zeit.

Nachts lag ich oft wach und dachte an Michael. Genauer: Wie er wohl möglichst grausam zu Tode kommen könnte.

Sachen, die man eben denkt, wenn man jung ist und sich unverstanden fühlt. Nichts Großes.

Bis zu dem Morgen, als ich vor den anderen in der Firma ankam … und Michael fand. Er hatte anscheinend versucht, eine automatische Bandsäge zu reparieren.

„Das kann der Michael im Schlaf", hatte der Chef noch am Tag zuvor gepredigt. „Von dem solltest du Heulsuse dir mal eine Scheibe abschneiden."

Das brauchte ich nicht mehr. Das hatte die Bandsäge schon allein getan. Als ich sah, was sie von Michael übrig gelassen hatte, kamen mir die Cornflakes hoch.

Im Wegdrehen sah ich sie. Sie hing am Hauptschalter. Eine kleine Figur aus Stroh. Unschuldig und fast, als gehörte sie dorthin.

Durch einen gellenden Schrei hinter mir wurde ich aus meinen Betrachtungen gerissen. Susanne aus der Buchhaltung war eingetreten und hatte Michael gesehen. Oder zumindest das, was von ihm noch übrig war.

Nachdem der Aufruhr sich gelegt hatte und die Reste von Michael abtransportiert worden waren, gab der Chef uns einen Tag frei. Wenigstens etwas, zu dem Michael gut war, dachte ich und ging auf dem Weg hinaus an der Bandsäge vorbei.

Die Figur war weg. Nicht dass ich wirklich damit gerechnet hätte, sie noch dort zu sehen. Vielleicht hatte ich mich ja auch vertan und sie war nie dort gewesen.

Naja, irgendwie erstaunte es mich nicht sehr, als ich dann bei der Bundeswehr mit dem Ableben des Kompaniechefs konfrontiert wurde, nachdem er mir völlig unberechtigt Ausgangssperre erteilt hatte.

Oder der Nachbar, der meine Frau und mich in unserer ersten Wohnung immer terrorisierte.

Niemand konnte verstehen, wie er mit dem frisch sanierten Balkon drei Stockwerke tief abstürzen konnte. Morges um drei. Und mit einem Mordslärm.

Was soll ich sagen: Die Strohpuppe war immer irgendwie dabei.

Ich erinnere mich, dass sie am Zettelbrett im Büro des Kompaniechefs hing, als ich ihn zerschmettert unter dem gusseisernen Relief Kompaniewappen fand.

Normalerweise hing das zentnerschwere Ding hinter seinem Schreibtisch und verlieh ihm zusätzliche Autorität. Diesmal verlieh es ihm höchstens zusätzliche Erdanziehung durch ihr Gewicht, das auf seinem Rücken lastete.

Beim Nachbarn segelte die Puppe wie eine Feder hinter dem Balkon her, nachdem der krachend auf dem Gehsteig aufgeschlagen und meinen Nachbarn ziemlich zermatscht hatte.

Ich wurde zufällig Zeuge des unglaublichen Vorfalls, weil ich nicht schlafen konnte und draußen eine Zigarette rauchte. Meine Frau war damals gerade zum ersten Mal schwanger und konnte den Geruch von Zigaretten nicht ertragen.

Die Puppe war nach dem Lärm und Getöse für einen Augenblick zu sehen, dann tauchte sie in die aufsteigende Staubwolke ein, die Balkon, Gehsteig und Nachbar rund 12 Meter unter mir produziert hatten.

Ich hatte mich schon seit der Sache mit Michael nicht mehr auf den Speicher meines Elternhauses getraut und auch den Quelle-

Karton mit dem Fräulein-Namen meiner Mutter drauf nie mehr geöffnet.

Wenn wir mit den Kindern zu meinen Eltern fuhren, um Weihnachten zu feiern, schaffte ich es stets zu vermeiden, dass ich, meine Frau oder die Kleinen beim Schmücken helfen mussten.

Das ging lange gut. Mehr als 20 Jahre passierte nichts Derartiges. Es brachen keine Balkone zusammen. Ich fand keine Leichen mit oder ohne Strohpuppe – und ich vermied es sehr, mich über andere Menschen zu ärgern oder ihnen die Pest an den Hals zu wünschen. Dann hatte meine Frau diese Affäre mit ihrem Yoga-Lehrer. Ich fand es zufällig heraus. Sie können sich vorstellen, was kommen würde.

Ich auch!

Nur diesmal wollte ich es wenigstens steuern – wenn das denn möglich ist. Ich stellte mir also einige Nächte ganz bewusst das Allerschlimmste vor, was dem Yoga-Frauen-Vernascher zustoßen könnte.

Aber nichts stieß ihm zu. Also dachte ich: Das kann man wohl nicht steuern. Und ich kam mir ziemlich blöde vor. Also vergaß ich die Sache schließlich und ging zum Alltag über. An sich war es mir ja auch egal.

Wozu gibt es langweilige Hobbys, mit denen man sich von der Restfamilie isolieren kann? Und wozu gibt es das Internet?

So ging es eine Weile lang gut. Wir gingen uns aus dem Weg. Alles war friedlich.

Bis ich meiner Frau versprach, sie abends vom Yoga abzuholen.

Ich hätte schon skeptisch werden sollen, als sie nicht vor der Halle stand. Ich hätte noch skeptischer werden sollen, als ich ihre Sachen in der leeren Umkleidekabine fand.

Naja, eigentlich hätte ich lieber im Auto gewartet - und ihr ein paar drängelnde Nachrichten geschickt. Doch dann hörte ich – nichts. Im Ernst: Es war rein gar nichts zu hören. Als ob der Yoga-Hampelmann nur vergessen hatte, das Licht zu löschen und abzuschließen. Und meine Frau, sich anzuziehen.

Den Gedanken an sie, wie sie halbnackt und zu Fuß auf dem Heimweg ist, fand ich wenig überzeugend. Und was ich dann in der schummerig beleuchteten Gymnastikhalle fand, war auch nicht sehr überzeugend. Zumindest, wenn es den Versuch darstellen sollte, eine besonders … komplexe Liebesstellung aus dem Kamasutra auszuüben. Sie lagen ineinander verschlungen auf der Matte mitten in der Halle. Ich brauchte eine Weile, um zuordnen zu können, was da zu wem gehörte.

Auf jeden Fall hatte meine Frau den Yoga-Kerl mit einer Beinquetsche anscheinend derart seiner Atemluft beraubt, dass er sehr tot aussah.

Das hatte ihn jedoch nicht daran gehindert, seinerseits so viel Druck auf den Hals meiner Gattin auszuüben, dass ihr Ableben bevorzustehen schien.

Irgendwie sehr unappetitlich. Ich schaute mich um und tatsächlich – da baumelte die Figur an der Sporttasche des Yoga-Liebhabers. Wie so ein kitschiger Schlüsselanhänger.

Natürlich rief ich nach einer Weile den Rettungswagen an und tatsächlich konnte meine Frau gerettet werden.

Es war eine sehr schwierige Prozedur, um sie von dem toten Yoga-Lehrer zu lösen. Später hieß es, sie hätten beim … naja … bei einer Übung einen Krampf bekommen. Einen, der ihnen zum Verhängnis wurde. Das könne passieren, sagte der Notarzt später mit einem breiten Grinsen.

Meine Frau war danach nie mehr dieselbe. Heute lebt sie in einer sehr schönen Einrichtung, wo man ihr helfen kann. Seitdem hatte ich Ruhe.

Doch eben, als ich hier zum Friedhof kam, da lag das hier am Eingang. Ich frage mich schon die ganze Zeit, mit wem von Ihnen ich in letzter Zeit meine Probleme hatte …

Ende

Die Geschichte vom Joker und Askim geht natürlich
weiter. Sonst wäre es ja langweilig. Wie sie weitergeht,
können Sie in dem Roman „Zwei Hurensöhne"
nachlesen.

Demnächst auch bei BOD

Wenn Sie dann schon mal im Buchladen sind, fragen Sie auch gleich nach den beiden ausgezeichneten Bänden mit Kolumnen aus den letzten rund zehn Jahren.

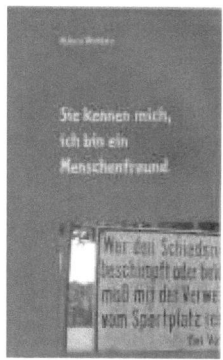

ISBN   9783752651317

ISBN   9783752676280

„Kommt da noch was?“

„Nee, glaub´ ich nicht.“

„Reicht auch langsam ...“

„Yep.“

... und tschüss!